Haruki
Murakami

电视人
ＴＶピープル

［日］ 村上春树 著

林少华 译

上海译文出版社

目录

叩问主体性："我"自身的失落　　　001

电视人　　　001

飞机——或他是如何像念诗一样
自言自语的　　　033

我们时代的民间传说——高度发达资本
主义社会的前期发展史　　　046

加纳克里他　　　078

行尸　　　087

眠　　　093

叩问主体性："我"自身的失落

孤独，无奈，疏离，寻找与失落的周而复始，这是村上文学的主题之一。处女作《且听风吟》（1979）曾这样形容过失落和失落感："这十五年里我的确扔掉了很多很多东西，就像发动机出了故障的飞机为减轻重量而甩掉货物、甩掉座椅，最后连可怜的男乘务员也甩掉一样。十五年来我舍弃了一切，身上几乎一无所有。""身上几乎一无所有"，就是说，失落的几乎全是身外之物，而自己本身毕竟还在。但若自己本身也失落、也被"甩掉"，那会是怎样一种情形和感受呢？这就是村上第六部短篇集《电视人》（1990）所要告诉我们的。下面就让我们逐篇看一下。

短篇集收有六个短篇，用作书名的《电视人》为第一篇。小说是村上在梵蒂冈附近的一座公寓里，坐在沙发上看全球音乐电视台

（MTV），看到两个男人抱着大箱子满街走来走去的场面时，有什么触动脑袋里的"某个开关"，当即起身走去书桌写的。对着电子文字处理机啪嗒啪嗒敲击键盘，几乎自动地一敲而就。主人公"我"和《象的失踪》（收于《再袭面包店》）中的主人公大概是同一人，同在一家家电公司的广告宣传部工作，平时喜欢看加西亚·马尔克斯的小说和听音乐，和在一家小出版社编杂志的妻子安安静静地生活。安静的生活随着"电视人"（TV People）的出现而不再安静了。一个周日傍晚，三个比正常人大约小十分之二至十分之三的电视人抱着电视机闯进"我"的房间。电视人完全不把"我"放在眼里，擅自在地柜上调试电视，不料哪个频道都白惨惨没有图像，但电视人毫不介意，扔下原本放在地柜上的满地杂志扬长而去。下班回来的妻子却对电视机的出现和房间的杂乱熟视无睹。第二天上班时电视人又抱着电视大模大样走进公司会议室，而公司同事同样熟视无睹。于是"我"怀疑单单自己被排除在有关电视人的信息之外。晚间"我"做了个梦，梦见自己开会发言时周围人变成了石头。醒来一看，发现电视荧屏里出现了电视人。电视人指着像是他到处兜售的榨汁机样式的机械装置告诉他"我们在制造飞

| 叩问主体性:"我"自身的失落 |

机",并宣布他太太不回来了。"我"尽管难以置信,但在注视电视人堪称无懈可击的工作情形的时间里,恍惚觉得那东西可能真是飞机,自己的太太可能真不回来了。故事至此结束。

故事从头到尾都在追问"我"是否存在,展示主体性(identity)失落的荒谬过程。一般认为,人自身的存在在某种意义上是以他者为参照系的。好比一个人照镜子,如果四周所有镜子都照不出自己,那么自己就有可能陷入"我"是否存在的困惑以至恐慌之中。就此短篇而言,镜子即是电视人,即是妻子,即是公司同事——电视人进来时我明明歪在房间最显眼位置的沙发上眼望天花板,然而在电视人看来"仿佛我根本不在此处",离开时也对"我"不理不睬,"仿佛压根儿就没我这个人"。在公司走碰头,电视人也同样无视我的存在,"眼睛显然没有我这个人"。妻子回来时,"我"本来想就电视人把房间弄得乱七八糟这一异常事态加以解释,"不料她什么也没说";公司同事在"我"提起本应有目共睹的电视人时默不作声,"看都没看我一眼"——电视人漠视"我"的存在,妻子和公司同事漠视"我"拥有的信息。换言之,存在被拒绝,交流被拒绝,愿望被拒绝,所有镜子都照不出自己。这使得

"我"对自身是否存在产生疑念,甚至觉得自己成了透明体。惟其"透明",镜子才照不出自己。"我"之所以为"我"的根据土崩瓦解,主体性失落殆尽。

失落的直接原因是电视人的入侵。关于这点,日本青山学院女子短期大学教授栗坪良树的看法颇有意味。其一,他认为这是个"'活字人'被'电视人'侵略的故事。因为主人公'我'家里原本没有电视,是个典型的读书人,以面对'活字'为乐,其二,'电视人'预告了'网络人'(Internet People)时代的即将到来。在这篇寓言性故事写完十年后的现在,我们已经面对了作为'电视人'之子的'网络人'。网络人绝不采用'闯入者'这一形式,而是甚为合法地敲门进来,绅士般寒暄着入住我们居住的空间。"(栗坪良树、拓植光彦编《村上春树 STUDIES》,若草书房,1999年8月版)而这未尝不可以说是高度信息化社会的噩梦——虚拟世界使现实世界沦为其殖民地,进而威胁个人主体性,使之陷入失落的危机。作家三浦雅士则认为这一短篇的主题是对于现实的乖离感,"这里展示的是始于村上春树创作初期的一贯主题:任何人都会觉得现实恍若梦幻,都会难以相信自身的存在"。(三

浦雅士《乖离于现实的五个世界》，载于《周刊朝日》1990年2月9日）

《眠》是村上继《电视人》之后在一个失眠之夜写的关于失眠的故事。但不是一般性失眠———两个晚上睡不着任何人都会有——而是十七天没合眼，整整失眠十七个昼夜。而且失眠者并非学习压力大或工作压力大之人，而是一位三十岁的全职家庭主妇，丈夫是高收入牙科医师，一个儿子上小学二年级，家庭生活风平浪静。失眠起因于一场梦，梦见一个穿黑衣服的老人举起水壶往她脚下倒水。失眠期间，她喝白兰地，嚼着巧克力看《安娜·卡列尼娜》，深更半夜开车上街兜风，觉得自己的人生因失眠而扩大了三分之一。她没有把失眠的事告诉家人，家人也丝毫没有察觉，"谁也没注意到我的变化，我彻底睡不着觉也好，我日以继夜看书也好，我脑袋离现实几百年几万公里也好，都没有人注意到"。失眠的夜晚她反省了过去的生活，"惊诧自己留下的足迹没等确认便被风倏然抹去的事实"。照镜子时——这回真是镜子——感觉自己的脸渐渐离开自己本身，"作为单纯同时存在的东西离开"。有一次想把丈夫的脸画在纸上，却怎么也记不得丈夫是怎样一副"尊容"。自己不记得他人，他人也意识不到自己，甚至自己记不得自己。小说进而以三个"哪里"作为关键词诉说这种无可救药的失落感："看书的我究竟跑去哪里了呢？／我的人生……岂非哪里也觅不到归宿？／我一个人闷在这小箱子里，哪里也去不得"——自己与他人的隔绝，他人与自己的隔绝，自己与自己的隔绝，意识与肉体的隔绝……村上以冷静而诡异的笔触对游走在夜幕下的现代都市的孤独灵魂进行了步步紧逼的审视和跟踪，精确地扫描出了普通个体生命的尴尬处境和失重状态。

还有一点值得注意，那就是恐怖和暴力参与了这一进程，如梦中的黑衣服老人，如半夜摇晃女主人公小汽车的两个黑影。这不妨视为作者对置身于现代都市、置身于网络游戏中的个人心理危机的一种暗示和警觉。美国哈佛大学日本文学教授杰伊·鲁宾（Jay Rubin）认为《眠》是村上创作道路上的一个转折点：

此前村上的作品中也一直不乏大量的黑暗想象——比如东京地底下出没的夜鬼，等着吞噬误入它们领地的人身——但这些一直都安全地停留在幻想的领域。如今村上则正在进入某种真正令人不安的领域,因为它离家越来越近。这种新的因素在村上首次尝试从一位女性视角讲述的故事中现身并非偶然,其中的主题是重新意识到自身、重获自主和独立,以经典的村上风格略微逾越了常识的界限。

《眠》是个真正的转折点,一个新层次的标志,几乎完全丧失了旧有的冷静和疏离感,是转向恐怖和暴力的清楚标志,这种因素看来已逐渐成为村上作品中不可避免的重要内容,他越来越自觉地认识到这是身为一位日本作家必须恪尽的职责。另一种使他感到兴趣的极端精神状态的侧面就是肉体与思维的剥离……达到如此极端程度的自我疏离后来还将在《奇鸟行状录》中予以更加显著的描绘。

(杰伊·鲁宾《倾听村上春树——村上春树的艺术世界》,冯涛译,上海译文出版社 2006 年 6 月版,原书名为"Haraki Murakami and Music of Words")

村上本人也很看重《眠》和《电视人》,他在《村上春树全作品 1990—2000》第 3 卷 "解题" 中写道:"即使在过去所写的短篇小说之中,《电视人》和《眠》也是我最中意的两篇。如果把之于我的最佳短篇集为一册，我绝对把这两篇收入其中。尽管作为故事的质感哪一篇都令人不寒而栗，但我觉得其中又含有事情开始朝某个方向推进的温暖预感。"

说到恐怖与暴力，《加纳克里他》可谓有过之而无不及，几乎每个字都带有血腥味。《加纳克里他》中的女主人公加纳克里他"认为自己确实漂亮，体形也极好，胸部硕大，腰肢苗条，自己照镜子都觉得性感"，以致上街时所有男人无不张大嘴巴看她，禁不住大动干戈，"迄今为止我被所有种类的男人强奸过了"。于是克里他不再出门，躲在地下室里帮姐姐马尔他照料水罐，但仍逃不脱被强奸的命运，一个前来"搞什么调查"的警察一进门就把克里他按倒在地，正要施暴时，被姐姐马尔他用撬棍打昏，又用菜刀割开喉管。不久，房间出现了幽灵，警察幽灵一张一合着开裂的喉管走来走去，但对克里他已无能为力。克里他后来走到外面设计火力发电厂——她是这方面的设计师——并大获成功，过上了优雅而幸福的生活，但最后还是被一个高大男子破门强奸后用刀割开她的喉管。而这一切不幸，主要并非由于她的性感，而是因为她体内有一种不适合她的水，男人为那种水迷得魂不守舍。

看过《奇鸟行状录》的读者想必记得，那里边也出现了加纳马尔他、加纳克里他姐妹。只是，克里他是作为肉体娼妇和意识娼妇出现的。与此同时，水、血等意象也被纳入这部随后创作的长篇中。应该说，这个短篇本身并没有多么高明，它的价值在于它在《奇鸟行状录》中起了相当重要的作用。

《行尸》（Zombie）同样怪异和恐怖。预定下月举行婚礼的一对情侣行走之间，男子突然指责女子走路罗圈腿、耳孔有三颗黑痣、身上有狐臭，甚至骂她是"猪"。忽然，男子双手抱头喊痛。女子去摸男子的脸，结果男子脸皮整个剥落下来，作为血肉模糊的行尸从后面追她。睁眼醒来，才知是一场噩梦。女子问男子"我耳朵里可有黑痣？""你莫不是说右耳里边那三颗俗里俗气的痣？"——梦仍在继续。也就是说，梦中的恐怖漫延到现实中来，现实同样恐怖。日本法政大学教授、文艺评论家川村凑认为：

> 《加纳克里他》中被割开喉管的警察幽灵、《眠》中往睡觉女子脚下倒水的手持水壶的黑衣服老人——对这些"异人"，

即使视之为作为"高度发达资本主义"社会的当代日本的民间传说（Folklore）的主人公，恐怕也丝毫不足为奇。村上活灵活现描绘出这种栖居于都市一角的"异人"，将我们的疲劳、失眠、无奈、恐怖、绝望、孤独感折射在他们身上。无须说，这一现实性（Reality）源于我们对于都市"黑暗"的"惊惧"。同时村上的小说也告诉我们这种"惊惧"中含有几分难以言喻的释然。

[川村凑《如何阅读村上春树》（村上春樹をどう読むか），作品社2006年12月版]

是的，那些"异人"未必不是怪诞与残酷、割裂与错乱所在皆是的现代都市的隐喻，未必不是都市人隐秘而真实的生存感受的象征。现代都市催生人的惊惧，惊惧导致恐怖，恐怖造成失落感。只是，在这个短篇中，不但灵魂失落了，肉体也一并分崩离析——不难看出，村上在诉说失落时，不仅有温情脉脉的抚慰，也有令人战栗的惊怵。

《飞机》中没有飞机，更没从飞机上扔东西，但仍同失落感有

| 叩问主体性:"我"自身的失落 |

关。二十岁的主人公经常同一个年长七岁的已婚女子做爱。女子好哭,哭后必主动同他做爱。而他每次就此思考时都深感困惑。一天她又哭了,做爱后问他过去是否有自言自语的毛病。他"反问"自言自语的内容。女子回答说是关于飞机的自言自语,他却一点儿也不记得。

一般说来,做爱是男女之间最亲密的交流形式,足以消解各自的失落感。然而主人公"弄不清同她睡觉究竟意味什么。一种无可言喻的失落感——仿佛复杂系统的一部分被人拉长从而变得极其简单的失落感朝他袭来。他想,长此以往自己恐怕哪里也抵达不了。这么一想,他怕得不行,觉得自己这一存在即将融化消失"。失落感既然能够侵蚀做爱,那么还有什么不能侵蚀呢?男人通常希望在女性这一"他乡"寻回自己失落的部分——此前村上小说中主人公也力图藉此填补自己身上的空洞——但在这里适得其反,而被告知自己"哪里也抵达不了"。至此,失落感已彻底融化了"我"这一存在的主体性,而且并不悲怆,也不缠绵和凄美。

相比之下,《我们时代的民间传说》是最为轻松好玩的一篇,的确有几分"民间传说"意味。小说的时代背景为上个世纪60年代,作者称之为"高度发达资本主义社会的前期发展史"。故事围绕性和处女性展开。作为情侣的他和她是高中同学,都是无可挑剔的优等生,而且她是全校屈指可数的美人。交往当中,他为了寻求"肉体上的一体感"而向她提出性爱要求,但她摇头拒绝,理由是婚前想一直是处女。上大学后他再次提出同样要求,她仍旧摇头,"不能把我的初次给你",但许诺等到和别人结婚后再和他睡,"不骗你,一言为定"。十年后他二十八岁时——他仍独身——她半夜打来电话,说丈夫不在家,希望他去其住处让她履行当时的诺言。

可是他也清楚现阶段同她睡有多大危险。它所带来的伤害将远远不止一宗。他不想在此重新摇醒自己业已悄然丢在往日幽暗中的东西,觉得那不是自己应有的行为。那里边显然掺杂着某种非现实性因素,而那同自己是格格不入的。

问题是他无法拒绝。怎么好拒绝呢?那是永远的童话,是他一生中大约仅此一次的美好的仙境奇遇。和他共同度过的人

| 叩问主体性:"我"自身的失落 |

生最为脆弱时期的漂亮女友在说"想和你睡的,马上过来吧!"并且近在咫尺。更何况那是遥远的往昔在密林深处悄声许下的传奇式承诺。

永远的童话要失落,仙境奇遇要失落,美好的记忆要失落——在村上笔下,人活着的过程就是不断寻找不断失落的过程。作者本人也说他在这个短篇中想描写的是"类似失落的时间和价值那样的东西"。死作为生的一部分永存,失落作为寻找的一部分相伴。人的内涵在失落的过程中流失,或者莫如说人的内涵本来就是失落物之一。最后主体性被淘空,灵魂被淘空,甚至肉体也被淘空,成为在城市上空飘移的幽灵或夜幕下徘徊的空壳。香港学者岑朗天就此有一段富于个性的表述:

> 村上春树作品的主角大多是这种囚徒(指时空和命运的囚徒——笔者注)。他们不可能是加缪笔下的西西弗斯,更不可能是尼采笔下的查拉斯图特拉。他们不是那些英雄圣人至人,他们连冒险家也不是。他们空空如也,在他们的路途中走着走

着，不断失落，直至不再遗下什么……他们有时也拥抱影子。但他们其实连影子也不是，他们只是影子的影子。

(岑朗天《村上春树与后虚无年代》，新星出版社2006年4月版)

那么，为什么村上集中写出这几个具有"相互共振性格"(村上语)的短篇来诉说如此深切而汹涌的失落感呢？我想这在一定程度上同他当时的处境和心情有关。村上1987年9月和1988年10月分别推出了《挪威的森林》《舞！舞！舞！》两部长篇小说，之后相当长一段时间精神一蹶不振。《挪威的森林》的意外畅销固然让他高兴和自豪，但他也因此失去了一些宝贵的东西，他一直十分珍惜的"惬意的匿名性"便是其中之一。

《挪威的森林》成为超级畅销书、成为一种社会性现象时，我依然住在罗马。因为不在日本，几乎接触不到日本的报刊，所以不太清楚那方面的"现象"具体是怎么回事。但书每次重印时出版社责任编辑都寄来"重印通知"，每次接得"重印通知"的我高兴当然高兴，但同时也感到有些不安和心惊，我陷

| 叩问主体性:"我"自身的失落 |

入一种摇晃之中——说不定我再也不可能像过去那样身穿惬意的匿名性外衣了……不用说,我的预感命中了。惊涛骇浪朝我袭来。袭来时带来了许多东西,撤去又卷走了许多东西。无论我多么想在这剧烈的来去过程中维持自己以往的生存方式,周围的环境也轻易不肯认可。其结果,我失去了——直接也好间接也好——若干宝贵的东西。

(《村上春树全作品1990—2000》第1卷解题,讲谈社2002年11月版)

在旅游随笔集《远方的鼓声》(1990)中村上也强调了当时糟糕的心情:

说起来甚是匪夷所思,小说卖出十万册时,我感到自己似乎为许多人喜爱、喜欢和支持;而当《挪威的森林》卖到一百几十万册时,我因此觉得自己变得异常孤独,并且为许多人憎恨和讨厌。什么原因呢?表面上看好像一切都顺顺利利,但实际上对于我是精神上最艰难的阶段。发生了几桩讨厌的事、无聊的事,使得自己的心像掉进了冰窖。现在回头看才明白过来——说到底，自己怕是不适于处于那样的立场的。不是那样的性格，恐怕也不是那块料。

村上就是在那种心情下写这部短篇集的。那是他走上文学创作道路以来精神上最艰难的阶段，心力交瘁，焦头烂额，"心像掉进了冰窖"，创作几乎处于停顿状态——实际上村上也说1988年是"空白年"——加之旅居的罗马冷彻骨髓，租一辆本田雅阁练习开车时又撞在停车场柱子上，把右侧尾灯撞得粉碎。不过相比之下，对他打击更大的是"失去了若干宝贵的东西"。如此情形持续了大约一年之后，他笔下产生了这六个短篇——也就不能理解为何作为"相互共振性格"而以失落感贯穿其间。自不待言，人只有在失去了至为宝贵的东西之后才能真正体味失落感为何物，作为作家才能切实将失落感诉诸文字、诉诸小说。

当然，远为重要的原因在于村上对现代社会、现代都市生活的观察、感悟和思考。村上总是把触须探入现代都市的边边角角，敏锐地捕捉各种隐秘的存在状态和独特的生命体验。或者像夜鸟一样盘旋在高度发达的城市上空，以高清晰度镜头展示五光十色的夜幕

叩问主体性："我"自身的失落

下灵肉剥离的痛楚，为被放逐的灵魂、为失落的主体性进行一种或冷静或残酷的祭奠性表达。毫无疑问，主体性的失落是最根本的致命的失落。通观在此之前的村上短篇作品，较之主体性的失落，似乎更侧重于对个体主体性的确认、犒劳和抚摸。这意味着，村上由此开始了主体性剥离作业，进而追索致使主体性剥离或失落的社会体制层面、历史认识层面的原因。村上自己也对这部短篇集格外看重。他说："从位置上看，《电视人》对于我是具有重要意义的短篇集。比之内容上的（内容方面我基本不处于做出判断的立场），更是位置上的、个人角度的。在创作收在这里的作品过程中我得以恢复，得以找回自己原来的步调，得以为登上下一台阶做好准备。"（《村上春树全作品1990—2000》第1卷解题）其下一台阶，即是堪称宏篇巨制的《奇鸟行状录》（或译"拧发条鸟年代纪"），那是村上创作"年代纪"中一座寒芒四射的里程碑。

最后需要指出的是，《加纳克里他》和《行尸》作为短篇小说是不够完美的，突兀，随意性强，较之短篇，更近乎小品。而六个短篇共同的遗憾是：其中只有灵魂失去归依的怅惘，只有主体性失落的焦虑和惊悸，却没有告诉我们如何安顿漂泊的灵魂，如何找回迷失的主体性，如何返回温馨的秩序和堪可栖息的家园。也许村上会说没有告诉即是告诉，但有时候我们并不总是希望门在应该关合的时候仍然敞开着。

林少华
2009年2月2日灯下于窥海斋
时青岛夜雾迷濛如梦如幻

电视人

1

电视人来到我房间是在周日的傍晚。

季节是春天。大概是春天,我想。反正是不太热也不很冷的时节。

不过坦率说来,季节在这里并不关键,关键是周日傍晚这点。

我不喜欢周日傍晚这一时分,或者说不喜欢它所附带的一切——总之不喜欢带有周日傍晚意味的状况。每当周日傍晚姗姗而至,我的脑袋必定开始作痛。痛的程度每次固然轻重有别,但终究是痛。两侧太阳穴一至一点五厘米左右的深处,柔软白嫩的肉块无端地绷得很紧,俨然肉块中间伸出无数条细线,而有人从遥远的地方握住线头悄悄拉曳。不是特别痛。本来痛也无妨,却偏偏不很痛，不可思议。就像有根长针一下子刺进深度麻醉的部位一样。

而且可以听见声响。不，与其说是声响，莫如说类似厚重的沉默在黑暗中隐约发出的呻吟：**哎哟哎哟哟，哎哟哎哟哟，哎哟哎哟哟**。声声入耳。这是最初征兆，随即痛感出现，继而视野开始一点点扭曲变形。预感引发记忆，记忆引发预感，犹如流向紊乱的潮水。空中浮现出半轮崭新的剃刀样的白月，将疑问之根植入黑魆魆的大地。人们仿佛奚落我似的故意大声从走廊走过：**咯噔、咯噔、咯噔、咯噔**。

惟其如此，电视人才选在周日傍晚来我房间。恰如一场无声降落的抑郁而不无神秘意味的雨，轻手轻脚地在这苍茫暮色中潜入房间。

2

先描述一下电视人的外形。

电视人身体的尺寸比你我小一些。不是明显地小，而是小一<u>些</u>。对了，大约小十分之二至十分之三，而且各部位均衡地小。所以在措词上，与其说小，莫如说缩小更为准确。

| 电视人 |

也许你在什么地方见到过电视人，只是一开始没有注意到他们的相形见小。不过即使如此，恐怕他们也会给你留下某种奇异的印象，或许可以说是不快之感。有点奇怪呀——你肯定这样想，并且势必再次定定地注视他们。初看并没有什么特别不自然的地方，但这反而显得不自然。就是说，电视人的小同小孩和小人的小全然不同。看到小孩和小人，我们是会感到他们小，但这种感觉大多是其体形的不协调所引发的。他们小固然小，但不是一切均衡地小，比如手小脑袋大。这是一般情况。然而电视人的小完全是另一码事。他们活像是被缩小复印出来的，所有部位都小得机械而有规则。如果身高缩小为 0.7，肩宽也缩小为 0.7，脚、头、耳朵和手指的大小长短统统缩小为 0.7，犹如略小于实物的精密塑料组合模型。

也可以说他们看上去好像用透视法画出的模特。虽说近在眼前，却似远在天边。又如一幅幻灯片，平面扭曲、腾跃，本应伸手可触，然而无法触及。触及的是无可触及的物体。

这便是电视人。

这便是电视人。

这便是电视人。

这便是电视人。

3

他们一共三人。

他们既不敲门,又不按门铃,也不问你好,只管悄然进屋,亦不闻足音。一人开门,另两人抱着电视机。电视机不很大,索尼彩电,极其普通。门我想该是锁上的,记不确切,忘记锁也未可知。当时本没注意什么门锁,说不准锁与没锁,只是觉得大概是锁上的。

他们进来时,我正歪在沙发上怅怅地看着天花板。家里仅我一人。下午妻子去会同伴了,几个高中同学相聚畅谈一番,然后去某处的饭店吃晚饭。

"你就随便吃点什么好么?"妻子临出门时说,"冰箱里有好多蔬菜和冷冻食品,自然可以做一点吧?另外可别忘了天黑前把洗的衣服收回来。"

"好的。"我说。

无非是做晚饭,无非是收衣服,鸡毛蒜皮,何足挂齿,举手之劳罢了。**哎哟哎哟哟,哎哟哎哟哟。**

"你说什么了?"妻子问。

"没说什么呀。"我回答。

这么着,整个下午我都一个人歪在沙发上愣愣地发呆,此外无事可干。看了一会书——马尔克斯新出的小说。听了一段音乐。喝了一点啤酒。但对哪样都神思恍惚。也想上床睡一觉,可是对睡觉也集中不起精神来,因而只好歪在沙发上眼望天花板。

就我来说,星期天的下午有很多事情便是这样**一点点**滑过的。无论干什么都半途而废,都无法投入全副身心。我觉得若是上午恐怕一切都会遂心如意。本打算今天看这本书,听这张唱片,写这封回信,本打算今天要整理一下抽屉,买几样必需的东西,冲一冲久未冲洗的车身。然而随着时针转过两点转过三点,随着黄昏的逐渐临近,哪一样也未能落在实处,最终还是在沙发上迎来日暮。时钟的声音直冲耳鼓:**咔嚓、咔嚓、咔嚓、咔嚓**。其声如雨帘一般将四周物件一点一点削去。**咔嚓、咔嚓、咔嚓、咔嚓**。在星期天的下午,一切看上去都在一点点磨损,一层层缩小,如同电视人本身。

4

电视人完全不把我放在眼里。从三个人的表情看来,仿佛我根本不在此处。他们打开门,把电视搬入房间。两个把电视放在地柜上面,另一个把插头按进插座。地柜上放着座钟和一大堆杂志。钟是结婚时朋友们送的贺礼,非常之大非常之重,大得重得俨然时间本身。声音也响,**咔嚓、咔嚓、咔嚓、咔嚓**,传遍整个房间。电视人把它从地柜移到地板。老婆定会发怒无疑,我想。她最讨厌别人乱动房间里的什物。况且把钟摆在地板上面,半夜里肯定会撞在我脚上。两点一过我准保醒来上厕所,加之睡得晕晕乎乎,每次都碰上或撞上什么。

接着,电视人把杂志堆到茶几上。全是妻子的杂志(我几乎不看杂志,非书不看。对我来说,世间所有的杂志**统统**报废消失才好)。杂志有《ELLE》、《嘉人》、《家庭画报》,一丘之貉。便是这些货色齐整整地堆在地柜上来着。妻子不喜欢别人碰自己的杂志,一旦堆放的顺序出现变化,难免来一阵咆哮。所以我索性不靠近妻子的杂志,一页都没翻。岂料电视人全然无所顾忌,一股脑儿把杂志撤得干干净净。他们丝毫没有爱护的意思,弄得杂志上下颠倒。《ELLE》跑到《嘉人》上边,《家庭画报》钻在《安安》下面,简直一塌糊涂。不仅如此,他们还将妻子夹在杂志中的书签折腾得遍地都是。夹书签的地方,对于妻子来说是载有重要信息的位置,至于是何信息重要到何种程度,我自是不得而知。或许与其工作有关,或许纯属私人性质,但不管怎样,对她无疑是重要信息。我猜想这回她必然大发牢骚。我甚至可以排列出她要说的台词,诸如偶尔出去见次同学高高兴兴地回家,家里就闹得天翻地覆等等。我暗暗叫苦,连连摇头。

5

总而言之,地柜上已空无一物。电视人随即把电视放了上去。他们把插头插进墙上的插座,按下开关。随着"滋滋"几声,荧屏变得惨白。等了好一阵子,还是没出来图像。他们用遥控器逐个变换频道,但哪个频道都白惨惨一片。我估计怕是因为没接天线,而房间某个地方应该是有天线接孔的。住进公寓之时,好像听管理员介绍过电视天线的接法,说是"接在这里就行"。可是我想不起在哪里。家里没有电视，早把那玩意儿忘到了脑后。

不过看样子电视人对接收信号全无兴致，甚至看不出他们有寻找天线接孔的意向。荧屏上白花花也罢，没有图像也罢，他们毫不介意，似乎只消按键接通电源，就算大功告成了。

电视机是新的，虽说没放在包装箱里，但一眼即可看出是不折不扣的新货。机身一侧还用透明胶带粘着一个塑料袋，袋里装有使用说明书和质量保证书。电源软线如同刚出水的活鱼一般银光熠熠。

三个电视人分别从房间不同的地方检验似的凝视电视白色的画面，其中一个来到我身旁，确认从我坐的位置如何才能看清画面。电视机正好安放在我的正面，距离也远近恰到好处，他们仿佛对此心满意足。看情形作业已告一段落，一个电视人（来我身旁确认画面的那个）把遥控器放在茶几上。

这时间里，电视人一句话也没说，他们只是正确地按顺序操作，无须特意交换语言。三个人分别卓有成效地圆满完成了各自的任务，心灵手巧，动作麻利，作业所用时间也短。最后，一个电视人拿起一直放在地板上的座钟，满房间物色合适的摆放位置，但半

| 电视人 |

天也没物色出来，最终又放回地板。**咔嚓、咔嚓、咔嚓、咔嚓**，钟在地板上吃力地拖着时间的脚步。我住的这间公寓相当窄小，加上堆有我的书和妻子的资料，几乎连落脚处也没有。我迟早非给这钟绊倒不可。想着，叹了口气。毫无疑问，绝对绊倒，我敢打赌。

三个电视人一律身穿藏青色上衣，不知是何布料，反正像是滑溜溜的。下身是蓝牛仔裤，脚上是网球鞋。服装和鞋都被缩小了一些。看他们忙这忙那看了很久，我竟开始怀疑自己认为其小的看法存在问题，觉得好像自己是戴一副高度数的眼镜倒坐在冲浪船上。景物前后变形，从中可以认识到自己迄今无意识置身其间的世界的平衡并非绝对的，而使我产生如此心情的便是电视人。

直到最后，电视人也一言未发。他们三人再次检查了一遍电视画面，再次确认没有问题之后，关上了电视。白色画面立时消失，"滋滋"的低音也随之逝去。荧屏恢复到原来冷漠的深灰色。窗外已开始发黑，传来某人叫某人的声音。公寓走廊里有人缓缓走过，一如往常地故意发出一阵很大的皮鞋声：**咯噔、咯噔、咯噔、咯噔**。周日的傍晚。

电视人再次巡视似的在房间里转了一圈，开门出去了。同进来时一样,对我根本不理不睬,仿佛压根儿就没我这个人。

6

从电视人进来到其出门离去,我身体一动未动,一声未吭,始终倒在沙发上观看他们作业。或许你会说这不自然——房间里突然闯进生人且是三个生人,又自作主张地放下一台电视机,居然不声不响地只是默默观看,未免有点荒唐!

不过我确实什么也没说,只是默默注视情况的发展。这恐怕是因为他们彻底无视我的存在所使然,我想。你如果处于我这个位置,想必也是同样做法。不是自我辩解,任何人假如被近在眼前的他人如此彻头彻尾地不放在眼里,想必连自己都对自身是否存在产生疑念。蓦然看自己的手,甚至觉得手是透明的。这属于某种虚脱感,某种着魔状态。自己的身体自身的存在迅速变得透明,随后我动弹不得,言语不得,只能眼睁睁地看着三个电视人将电视放在房间里扬长而去。没有办法开口,害怕听见自己的声音。

电视人离开后,又剩我孤身一人,于是存在感卷土重来,手失而复得。一看,原来暮色早已被夜色整个吞没。我打开房间电灯,闭上眼睛。电视仍在那里。座钟继续走动，**咔嚓、咔嚓、咔嚓、咔嚓**。

7

也真是不可思议，妻子对电视机出现在房间中居然未置一词，居然毫无反应，完全无动于衷，甚至好像没有察觉。这实在奇妙至极。因为——前面也已交代过——妻子这个人对家具等物件的位置安排十分神经兮兮，哪怕自己不在时房间里某件东西有一点点移动或变化，她都会一瞬间看在眼里，她就有这个本事。随即她会蹙起眉头，毫不含糊地矫正过来。和我不同。对我来说，《家庭画报》压在《安安》下面也罢，铅笔笔筒里混进圆珠笔也罢，全都不以为意，恐怕注意都没注意到。我猜想，她那种活法一定活得很辛苦。但那是她的问题，不是我的问题，所以我概不说三道四，悉听尊便。这也是我的主导思想。她则不然，动辄大发雷霆，说我的神经迟钝，简直受不了。于是我说，即使是我，也受不了重力、圆周率以及$E = mc^2$的神经迟钝。实际上也是如此。我如此一说，她顿时缄口不语。或许她以为这是对其个人的侮辱，但并非如此，我没有那种对她进行个人侮辱的念头,而仅仅是直言自己所感。

这天夜里她也是一回来就首先巡视一圈房间。我早已准备好了解释性的词句:电视人来了,把一切弄得乱七八糟。向她说明电视人是十分困难的,很可能不信,但我还是打算一一如实相告。

不料她什么也没说,只是在房间里转圈巡视。地柜上有电视机。杂志颠三倒四地堆在茶几上。座钟移至地板。然而妻子什么也没说,我自然无须做任何说明。

"晚饭真的吃了?"她边脱连衣裙边问。

"没吃。"我说。

"为什么?"

"肚子不怎么饿。"

妻子把连衣裙脱至一半,沉吟片刻,又盯了一会我的脸,似乎不知说什么好。座钟以滞重的声响分割着沉默:**咔嚓、咔嚓、咔嚓、咔嚓、咔嚓**。我不想听这声音,不想使其入耳,但那声音还是那么大那么重,径自入耳,无可救药。她看上去也像对那声音耿耿于怀,摇摇头,问:

"简单做点什么?"

"也好。"我说。虽不特别想吃,但如果有什么可吃,吃也未尝不可,我觉得。

妻子换上便于活动的衣服,一边在厨房里做凉拌菜和煎蛋,一边向我叙述同学聚会的情景:谁在做什么,谁说了什么,谁换发型变漂亮了,谁同交往的男子分手了,等等。她们的事我也大致晓得,便喝着啤酒随声附和,其实几乎充耳不闻。我一直在考虑电视人,推想她何以对电视机的出现默不作声。是没注意到?不至于,她不可能对突然出现的电视机视而不见。那么为什么保持沉默呢?真是怪事,奇事!是有什么出了错,可我又不知如何改错。

凉拌菜做好后,我坐在厨房餐桌前吃了。又吃了煎蛋,吃了梅干饭。

吃罢饭,妻子收拾餐具,我接着喝啤酒。她也喝了几口。蓦地,我抬眼往地柜上看了看,电视机仍在上面,电源已拔掉。茶几上放着遥控器。我从椅子上站起身,将遥控器拿在手里,按下启动键。荧屏倏地变白,响起"滋滋"的声响,依然没出来任何图像,唯有白光浮现于显像管。我按键加大音量,得到的无非是"嘎——"一声大大的噪音。我注视了二十至三十秒白光,按下关闭键，噪音与白光即刻消失。这时间里妻子坐在地毯上啪啦啪啦翻动《ELLE》杂志。至于电视机的启动关闭，她一概没有兴致，似乎意识都没意识到。

我把遥控器放在茶几上，又坐回沙发。我打算接着看马尔克斯的长篇小说。我总是在晚饭后看书，有时看三十分钟即扔在一边，也有时连看两个钟头，总之每天必看，但这天连一页的一半也看不下去。无论怎么往书上集中精力，思路还是马上回到电视上去，终于抬起眼睛盯着电视不动。荧屏同我面面相觑。

8

深夜两点半醒来，电视机仍在那里。我下了床，期待电视机转瞬消失，但它依然好端端地位于原处。我去卫生间小便，然后坐在沙发上，脚搭上茶几，接着又用遥控器打开电视。没有任何新的发现。依旧故伎重演：白光，噪音，如此而已。我观望了一会，按键关掉，消去光与音。

我折回床准备入睡。困得厉害，却偏偏睡不着。一闭上眼睛，电视人便浮现出来——搬电视机的电视人，撤掉座钟的电视人，把

| 电视人 |

杂志转移到茶几的电视人,把插头插进插座的电视人,检查图像的电视人,默然开门走出的电视人。他们始终在我的脑海里,在脑海里走来窜去。我再次下床,走进厨房,往沥水台边上的咖啡杯里倒上两份白兰地喝了,喝完重新歪倒在沙发上打开马尔克斯的那一页,但还是一行也进不到脑袋里去,根本搞不清所云何物。

无奈,我只好扔开马尔克斯,翻阅《ELLE》。偶尔看一下《ELLE》怕也并不碍事。可《ELLE》没有刊载任何吸引我的内容,上面不外乎是新发型啦,高档白绸衬衣啦,可以吃到美味炖牛排的小食店啦,看歌剧时穿什么服装合适啦等等,不一而足。我对这些百分之百感到索然无味,便抛开《ELLE》,端详地柜上的电视机。

结果我一事无成地一直坐到天亮。六点钟我用壶烧了开水,冲咖啡喝了。由于无所事事,就在妻子起床前做好了三明治。

"起床可真够早的。"妻子没睡醒似的说。

我"噢"了一声。

我们寡言少语地用完餐,一起走出家门,去各自的单位上班。妻子在一家小出版社工作,编一种关于天然食品方面的专业杂志,主要介绍香菇有利于预防关节红肿、有机农业技术展望等等。杂志内容的专业性很强，销量不大，但由于几乎不花制作费，又有热心得近乎教徒的固定读者，因此不至于关门大吉。我在电器公司的广告宣传部供职，制作电烤箱、洗衣机、微波炉等电器的广告。

9

上班时，在公司楼梯同一个电视人擦肩而过。我想是昨天搬来电视机的电视人中的一个，大概是最先开门进屋、没扛电视机的家伙。他们脸上没有明显特征，要分辨出每一个人是极其困难的。所以我没有确切的把握，不过十有八九不至于认错。他仍穿着和昨天同样的上衣，两手空空，只是在迈步下楼梯。我则上楼梯。我不喜欢乘电梯，总是步行上下。我的办公室在九楼，因此这并非轻易之举，有特殊急事时便累得大汗淋漓。但作为我，大汗淋漓也比乘电梯惬意得多。众人因此开我的玩笑，我一无电视机二无录像机，又不乘电梯，他们都认定我是个怪人，或认为在某种意义上我还处于未成熟的阶段。莫名其妙！我不大理解他们何以有如此想法。

不管怎样，此时我还是一如既往地步行上楼。步行上楼者舍我无他。几乎无人利用楼梯，在四五楼之间的楼梯我同一个电视人擦肩而过。由于太事出突然，我不知如何应付，本想打声招呼来着。

但终归什么也没说。一来一时想不起说什么合适，二来电视人看样子很难容人打招呼。他非常机械地步行下楼，以同样的频率精确而有规则地移动脚步，仍像昨天那样根本无视我的存在，眼睛里全然没我这个人。我便是如此不知所措地同其擦肩而过，那一瞬间我恍惚觉得周围的重力都倏然一晃。

这天，公司一上班就开会。会很重要，研究新产品的推销战略。几个职员宣读了报告。黑板上排列着数字，电脑显示屏推出图表。讨论气氛热烈。我也参加了，但我在会议上的立场无足轻重，因为我不直接参与这项计划。开会时间里我一直在想别的。但我还是发了一次言。无所谓的发言，讲的不过是作为出席者的极为常识性的意见。毕竟我不能一言不发。我这人虽说工作热情不是很高，但终究要在这里拿工资，还是感到肩负一定责任的。我将前面的意见大致归纳一下，甚至讲了句活跃会场气氛的笑话。有几个人笑了。一旦发过一次言，往下我只管装作看材料的样子，继续思考电视人，至于为新生产的微波炉取什么名字，与我毫不相关。我头脑里有的只是电视人，时刻念念不忘。那台电视机到底有何含义呢？

为何故意把它搬进我的房间呢？为什么妻子对电视机的出现不置一词呢？为什么电视人潜入我们公司来呢？

会议开得没完没了。十二点因吃午饭才短时休会，短得没有时间去外面吃饭，便每人发了一份三明治。会议室烟味呛人，我拿回自己办公桌来吃。正吃着，科长走到我身边。说实在话，我不大喜欢这小子。若问何以不喜欢，原因我也说不明白。其实他并没有什么令人反感之处，风度翩翩，显得富有教养，脑袋瓜也不笨，领带的情趣也还可以，又从不洋洋自得，对部下也不吆五喝六，对我甚至高看一眼，还不时邀我吃饭。然而我对他就是看不顺眼，这大概因为他过于亲昵地触摸谈话对象的身体所致，我想。无论是男是女，交谈当中他总是轻轻触摸对方的身体。虽说是触摸，但并不使人特别生厌，触摸方式十分潇洒十分自然，以致几乎所有的人恐怕都不会有被触摸的感觉。可不知什么缘故，我却是非常耿耿于怀，所以我一瞧见他的身影，便本能地感到紧张。如果说此事微不足道倒也微不足道，但反正我是耿耿于怀。

他弓下身子，把手搭在我肩上。"刚才你在会上的发言，发得不错。"科长亲切地说，"非常简明扼要，我都心悦诚服。一针见血，举座皆惊。时机也选择得正是火候。以后也这样发扬下去!"

说罢,科长迅速转身不见,大概找地方吃自己的午饭去了。当场我是真心道谢来着,不过坦率说来,他完全弄得我丈二和尚摸不着头脑,因为会场上说了什么我早已忘到了九霄云外,不过是由于不便一言不发而顺口敷衍几句而已。科长何苦为这点事特意跑来我身旁赞赏一番呢?发言更堂而皇之的人本来有的是!莫名其妙!我继续吞食午饭。忽然,我想起妻子。她现在做什么呢?到街上吃午饭去了不成?我很想给她单位打个电话,很想聊上三言两语,聊什么都好。我拨动开头的三位数字,转而作罢。没有什么事值得特意打电话。我固然觉得这世界有点扭曲变形,但又没有必要就在此午休时间里往妻子单位打电话——我能说什么呢?况且她不大喜欢我往单位打电话。我放下话筒,喟叹一声,喝干剩下的咖啡,把塑料杯投进垃圾箱。

10

下午会场里,我又见到了电视人。这回人数增加了两人。他们仍像昨天那样抬着索尼彩电横穿会议室,但电视机尺寸比昨天的大了一圈。我心里叫苦：索尼是我们公司买卖上的敌手。无论出于何种缘由，把这种产品带进公司都非同小可。当然，为了做产品比较，偶尔也会把其他公司的产品带进公司，不过那种时候必定把公司商标揭掉，因为给外人撞见多少会引出麻烦。然而他们全然肆无忌惮，示威似的把"SONY"商标对准我们。他们推门走进会议室，绕场一周，似乎在物色适合放电视机的位置，结果未能如愿，便径直抬着电视机从后门退出。问题是房间里这么多人，任何人对电视机都毫无反应。他们并非没有看见电视人，肯定看在眼里，当电视人抬着电视机进来时旁边的人闪开为其让路便是明证。可是他们对电视人再无更多的反应，这种反应同他们在附近咖啡馆时对女侍送来预订咖啡的反应相差无几。原则上他们是将电视人作为不存在之人加以对待的。明明知道存在于此，却待之为不存在之人。

我感到蹊跷。莫非他们全都知道电视人，而唯独我自己被排除于有关电视人的情报之外不成？说不定妻子也对电视人的情况了然于心，我想。大有可能。惟其如此，她才对房间里突如其来的电视机无动于衷，缄口不语。此外找不出第二种解释。我头脑里乱成一团。电视人到底是怎么回事？他们为什么总搬电视机？

一个同事离座去厕所小便时，我也跟踪追击似的钻进厕所。此人和我同期进入公司，关系颇佳，下班后两人还偶尔去喝几杯。我并非同任何人都吃吃喝喝的。我们并肩站着小便。他用无可奈何的语气说：真是见鬼，看这样子非开到晚上不可，开会开会老是开会！我也表示赞同。两人洗了洗手。他也夸奖我在上午会议上的发言，我说谢谢。

"不过，刚才搬电视机进来的那两人……"我若无其事似的提起话头。

他默不作声，使劲拧紧水龙头，从纸箱里抽出两张纸巾擦手，看都没看我一眼。他不紧不慢地擦罢手，把纸巾揉成一团扔进垃圾箱。或许没听见我的话也未可知，这点无从判断。不过从气氛看来，我觉得还是不要问下去为好，所以我也默默用纸巾擦了手。空气似乎一时凝固起来。我们不声不响地从走廊返回会议室。往下的会议时间里，我感到他在躲避我的视线。

11

从公司回来，房间里黑幽幽的。外面开始下雨了，从阳台窗口可以望见低垂的乌云。房间里充满雨的气息,天也开始黑了。妻子还没下班。我解下领带,按平皱纹搭在领带架上,用衣刷刷去西服的灰尘,衬衣扔进脏衣篓。头发沾上了香烟味儿,便打开淋浴冲了冲。经常如此。每次开罢长会,身上就熏得满是烟味儿。妻子最厌恶这气味。婚后她做的第一件事,就是使我禁烟。已是四年前的事了。

淋浴出来,坐在沙发上一边用毛巾擦头发一边喝易拉罐啤酒。电视人搬来的电视机仍在地柜上。我拿起茶几上的遥控器,按下启动键,按了好几次也没有接通电源。完全无动于衷,荧屏一片黑暗。我仔细看了看电源软线,插头端端正正地接在插座上。我拔下插头,重新用力插入。无济于事。任凭怎么按启动键画面也不变白。为慎重起见,我打开遥控器后盖,取出电池,用简易电笔检查一下。电池是新的。我无可奈何地扔开遥控器,把啤酒倒进喉咙深处。

为什么如此执著呢?不可思议。纵使接通电源又怎么样呢?还不是只能见到白光,只能听到"嘎嘎"的噪音!因此启动也罢不启动也罢,何必计较呢!

但我偏偏觉得是个问题。昨晚本来可以好好启动来着，而那以后又没动它一手指头。岂有此理。

我又一次拿起遥控器试了试，慢慢往指尖用力，结果如出一辙，毫无反应。荧屏彻底呜呼哀哉，彻底僵化。

彻底僵化。

我从冰箱里取出第二听啤酒，打开盖喝着，又吃了塑料容器里的土豆色拉。时针已过六点。我在沙发上浏览了一遍晚报。报纸比往常还无聊，几乎没有值得一读的报道，连篇累牍全是哗众取宠的消息，可是又想不出其他可干之事，便花了很长时间细细阅读起来。读罢，还是要干点别的事才行，但我懒得就此思考，又像故意拖延时间似的继续读报。对了，写封回信如何？表妹寄来了婚礼请柬，对此我必须写信谢绝。她结婚那天我要同妻子两人外出旅行，去冲绳，这是早就定好了的，两人为此同时休假。事到如今，不可能变更。如果变更，下次能否同时请下长时间休假，只有神仙晓得。再说我和表妹也没什么亲密交往，差不多有十年没见面了。不管怎样，我想得尽早回信才是。人家还要考虑预订婚礼场所。然而硬是不成。现在根本写不了信，怎么也没这份情绪。

我又端起报纸，看第二遍同样的报道。蓦地，我想起该做晚饭了。可是妻子由于工作关系很可能吃过晚饭才回来，那一来，做好的那份势必剩下浪费。而我一个人的饭，怎么都能对付一顿，无须大动干戈。倘若她还什么也没吃，两人一起到外面吃就是。

我觉得不大对头。我们回家可能迟于六点的时候，必定事先取得联系。这是常规。也可使用录音电话留下口信，这样对方便可以依此调整行动——或者自己一个人先吃，或者把对方那份做好留下，或者先上床就寝。由于工作性质方面的原因，我难免晚归，她也因商谈事情或校对清样而有时姗姗归迟。双方的工作均不属于早上九点准时上班傍晚五点准时下班那种类型，两人都忙起来，甚至三天五日不怎么说话的事也是有的。别无他法，已经不知不觉地成了这个样子。所以我总是注意坚守常规，尽量不给对方增加现实性的麻烦，一察觉可能晚归，即用电话通知对方。时不时地也会忘掉，但她是一次也没有忘过的。

然而录音电话没留下口信。

我松开报纸，歪倒在沙发上，闭起双眼。

12

梦见开会：我站起来发言，自己都不知所云，徒然摇唇鼓舌而已。话一中断我就要死去，所以不能住口，只能永远不知所云地喋喋不休。周围人尽皆死去，化为石头，化为硬邦邦的石像。风在吹。窗上的玻璃七零八乱，风从空中吹入室内。电视人出现，增加到三个，一如当初。他们仍在搬运索尼彩电。荧屏上映出电视人。我正在失去语言，手指也随之渐次变硬。我将慢慢变成石头。

睁眼醒来，房间里白雾蒙蒙，恰似水族馆的走廊。电视机开着。四下黑透，唯独电视荧屏发出"滋滋"低音闪着光。我在沙发上坐起身，用指尖按住太阳穴。手指依然是柔软的肉。口中残留着睡前喝的啤酒味。我咽了口唾液。喉咙深处干燥得不行，好半天才咽下去。每次做完富有现实感的梦，都必定觉得梦境比清醒时还近乎现实。但那是错觉。这才是现实。谁也没变成什么石头。几点了？我觑一眼仍在地板上的钟。**咔嚓、咔嚓、咔嚓、咔嚓**。快八点了。

不料，电视荧屏竟如梦境那样映出一个电视人，就是那个同我在公司楼梯上擦肩而过的那个。一点不错，就是他，就是最先开门进来的他，百分之百地准确无误。他以荧光灯那样的白光为背景，定定地站着看我的脸，仿佛窜入现实中来的梦的尾声。我闭起眼睛又睁开，恍惚觉得这场景已倏忽逝去。但是不然，荧屏上的电视人反而越来越大。整个荧屏推出一张面孔，渐渐成为特写镜头，似乎一步步由远而近。

继而，电视人跳到荧屏外面，宛如从窗口出来似的手扶边框一跃而出。于是荧屏便只剩下作为背景的白光。

他用右手指摸了一会左手，似乎想使身体适应电视外面的世界。他一点也不着急，一副悠然自得的派头，仿佛时间多得不能再多，俨然电视节目里久经沙场的主持人。他接着看我的脸。

"我们在制造飞机。"电视人说。其声无远近之感，平板板的，如写在纸上一般。

随着他的话音，荧屏上出现了黑乎乎的机器。真的很像新闻节目。首先出现的是大型工厂一样的空间，其次是位于其正中的车间的特写镜头。两个电视人在摆弄那台机器，他们或用扳手拧螺栓，或调整仪表，全神贯注。那机器很是不可思议：圆筒形，上端细细长长，到处有呈流线型鼓出的部位，与其说是飞机，莫如说更像一架巨大的榨汁机，既无机翼，又无座席。

"怎么也看不出是飞机。"我说。听起来不像我的声音。声音极其古怪，似乎被厚厚的过滤器彻底滤去了养分。我觉得自己已老态龙钟。

"那怕是因为还没涂颜色的缘故。"电视人说，"明天就把颜色涂好。那一来，就可以清楚地看出是飞机了。"

"问题不在颜色，而在形状。形状不是飞机。"

"如果不是飞机，那是什么？"电视人问我。

我也弄不明白。那么说它到底算什么呢？

"所以问题在于颜色。"电视人和和气气地说，"只消涂上颜色，就是地地道道的飞机。"

我再无心思辩论下去。是什么都无所谓。是榨橘子汁的飞机也好，是在空中飞的榨汁机也好，随便它是什么，是什么都与我不相干。老婆怎么还不回来！我再次用指尖按住太阳穴。座钟继续作响：**咔嚓**、**咔嚓**、**咔嚓**、**咔嚓**。茶几上放着遥控器，旁边堆着妇女杂志。电话始终悄无声息。电视隐隐约约的光亮照着房间。

荧屏上，两个电视人仍在一心一意忙个不停。图像比刚才清晰多了，现在可以清楚地看到机器仪表上的数字，其声音也能听到，尽管微乎其微。机器轰鸣不止：**隆隆、轰隆隆、隆隆、轰隆隆**。时而响起金属相互撞击的干涩而有节奏的声音：**啊咿咿、啊咿咿**。此外还混杂着各种各样的声响，我无法再一一分辨清楚。总而言之，两个电视人在荧屏中干得甚卖力气。这是图像主题。我目不转睛地看着两人作业的情景。荧屏外的电视人也默默注视着荧屏中的两个同伴。那莫名其妙的黑漆漆的机器——我怎么看都不像飞机的装置浮现在白光之中。

"太太不回来了。"荧屏外的电视人对我说。

我看着他的脸，一时搞不清他说了什么。我像盯视雪白的显像管一样盯住他的脸不放。

"太太不回来了。"电视人以同样的语调说道。

"为什么？"我问。

"为什么？因为关系破裂。"电视人说。其声音仿佛宾馆里使用的塑料门卡。呆板的、没有抑扬顿挫的声音如刀刃一般从狭窄的缝隙钻了进去。"因为关系破裂所以不回来了。"

| 电视人 |

因为关系破裂所以不回来了——我在脑袋里复述一遍。平铺直叙,毫不生动。我无法准确把握这个句式。原因衔着结果的尾巴,试图将其吞进腹去。我起身走进厨房,打开冰箱,做了个深呼吸,取出一罐啤酒折回沙发。电视人依旧在电视机前木然伫立,看着我揿掉易拉环。他将右肘搭在电视机上。我其实并不怎么想喝啤酒,只是若不找点事干很难打发时间,只好去拿啤酒。喝了一口,啤酒索然无味。我一直把啤酒罐拿在手上。后来觉得重,便置于茶几。

接下去我开始思考电视人的声明——关于妻子不回来的声明。他声称我们已经关系破裂,并且这是她不回来的缘由。然而我无论如何也不认为我们的关系已经破裂。诚然,我们并非美满夫妻,四年时间里吵了好几次。我们之间确实有些问题,时常就此对话。既有解决的,又有未解决的。未解决的大多搁置一旁,等待合适的时机。OK,我们是有问题的夫妻,这并不错,但我们的关系并不至于因此而破裂。不对吗?哪里去找没有问题的夫妻?何况现在才刚过八点,她不过是因为某种原因而怎么也打不成电话而已,这样的原因任凭多少都想得出来。例如……可我却一个也无从想出。我陷入极度的困惑迷乱之中。

我深深地缩进沙发靠背。

那架飞机——如果是飞机的话——到底将怎样飞行呢？动力是什么？窗口在哪里？关键是哪头是前端哪头为后尾呢？

我实在疲惫不堪，而且又非常单薄。一定要给表妹回信谢绝：因工作关系委实无法出席，不胜遗憾之至，祝贺新婚之喜。

电视中的两个电视人对我毫不理会，只管一个劲地造飞机，一刻也没有停手，仿佛为了完成飞机制造任务而有无数道工序要做。一道工序完后，马上着手下一道，连续作战。没有像样的工程进度表和图纸之类，他们对自己现在应做和往下将做的事了如指掌。摄像机迅速而准确地将其感人的作业情景捕捉下来。镜头富有概括力和说服力，明白易懂，大概是其他电视人（第四个第五个）在负责摄像和操纵控制盘。

说来奇怪，在凝神注视电视人堪称无懈可击的工作情形的时间里，我也开始一点点觉得那东西像是飞机，至少说那是飞机也没什么离奇。至于何为前端何为后尾，这点全然不在话下。既然从事的是那般精密的工作且干得那般漂亮，肯定是制造飞机无疑。即使看上去不像，对我来说也是飞机。的确如其所言。

|电视人|

如果不是飞机,那是什么呢?

荧屏外的电视人纹丝不动地保持着原有姿势,右肘搭在电视机上看着我。我则被看。荧屏中的电视人劳作不止。钟声清晰可闻:**咔嚓、咔嚓、咔嚓、咔嚓**。房间幽暗,令人窒息。有人拖着皮鞋通过走廊。

或许,我猛然想到,妻子或许真的不返回这里了。妻子已经跑到很远很远的地方去了,使用所有的交通工具,跑到我无法追及的远处去了。的确,我们的关系或许已破裂得无可挽回,成为泡影了,只不过自己没意识到而已。纷纭的思绪松懈开来,又合而为一。或许如此,我说出声来。我的声音在自己体内往来徘徊。

"明天涂上颜色,就可一目了然了。"电视人说,"只消涂上颜色,就是一架完美无缺的飞机。"

我看着自己的手心。手心看起来似乎比平日缩小了一点,一点点。也许是神经过敏,也许是光的角度所使然,也许远近感的平衡多少出了问题,不过手心看起来缩小倒是千真万确。等等,我想发言,我必须说点什么,我有要说的话,否则我就将萎缩干瘪,化为石头,一如其他人。

"马上会有电话打来。"电视人说了一句,然后像在运算似的停了一会,"五分钟后。"

我看着电话机。我思考电话机上的软线,连接天涯海角的软线,妻子便在这可怕的迷宫般的线路的某个末梢。那里远得很,远得我望尘莫及。我感觉到了她心脏的跳动。五分钟后,我想,哪头是前端哪头为后尾呢?我站起身,准备说出口。然而在站起的一瞬间,我竟失去了语言。

飞机
——或他是如何像念诗一样自言自语的

那天下午,她问他:"嗳,你过去就有自言自语的毛病?"她就像突然想起似的从桌上静静地扬起脸说道。但显然她并非出于心血来潮,想必她已就此考虑了很久,语声里带有那种时候必然伴随的、约略嘶哑的生涩感。实际出口之前,这句话在她舌面上不知犹犹豫豫滚动了多少次。

两人隔着厨房餐桌面对面坐着。除了电车从极近的铁路上驶过以外,四周基本上安安静静的,有时静得可以说太静了,没有电车通过时的铁路静得那般不可思议。厨房地面铺着塑胶地板,脚底凉瓦瓦的,感觉蛮舒坦。他拉掉袜子,揣进裤袋。那是一个作为四月未免暖和过头的午后。她把颜色素雅的花格衫的两袖挽到臂肘,细细白白的手指不停地摆弄咖啡匙。他注视着她的指尖。定睛注视之间，意识竟奇异地平坦起来，仿佛她在拎起世界的边缘一点一点揉平。揉的态度甚是冷淡，仿佛例行公务，像是在说虽然花时间但也只能从那里揉下去。

他一言不发地看着她那动作。所以一言不发，是因为他不知说什么好。他杯子里剩下的些许咖啡早已凉透，开始变浊。

他刚刚二十，女子比他大七岁，已婚，孩子都有了。总之，她对于他，好比月亮的阴面。

她的丈夫在专门经营海外旅行业务的旅行社工作，一个月差不多一半时间不在家，去伦敦去罗马去新加坡。丈夫大概爱听歌剧，家里边三四张一套的唱片分别按作曲家的顺序整理得井然有序，一字排开。有威尔第有普契尼有多尼采蒂有理查德·施特劳斯。较之唱片收藏，那更似乎是某种世界观的象征。它们显得那么文质彬彬，而又那么坚定不移。每当语塞词穷或闲得无聊的时候，他的眼睛便逐一扫描唱片脊背上的字母，从右往左，再从左往右，并在脑袋里一个个念出声来：《茶花女》《托斯卡》《图兰朵》《诺玛》《菲

| 飞机 |

岱里奥》……此类音乐他一次也不曾听过。倒不是由于喜欢不喜欢,而是根本没有听的机会。家人也好友人也好,他身边没有中意歌剧的人,一个也没有,就连世界上存在歌剧这种音乐存在爱听它的人这点都不知晓,作为他实际目睹那一世界的一角也是初次。她也并非那么喜欢歌剧。"不讨厌的,"她说,"可惜太长。"

唱片架旁边有一套极气派的组合音响装置。外国造的大大的真空管音箱犹如训练有素的甲壳动物一般郑重其事地俯首待命,在其他相对说来未免俭朴了些的家具什物当中,无论如何都显得鹤立鸡群,以致他的目光不知不觉中落去了那里。可是他一次也没听到那套装置实际出声作响。她甚至不晓得电源开关的位置,他也没有动过碰它一下的念头。

并不是家庭有问题,她说——说了不知多少遍——丈夫温柔体贴,又疼爱孩子,我想自己是幸福的,她以静静的淡淡的语气这样说道。没有自我辩解意味,就像谈交通规则和日期变更线一样客观地讲述自己的婚姻生活。"我想我是幸福的,能够算作问题的问题一个也没有。"

那么跟我睡哪家子觉呢?他想,翻来覆去地想,然而没有答案。就连婚姻生活中的问题具体意味着什么他都理解不好。也有时想直接问她，却又开不了口。怎么问好呢？既然那么幸福，那么跟我睡哪家子觉？莫非该这样开门见山不成？果真这样问，她定哭无疑，他想。

即使不问她也动不动就哭，哭的时间很长。十有八九他不明白她哭的缘由。一旦哭起来就很难停下。无论他怎么劝慰，她都要哭到一定时候方能收场。就算听之任之，时候一到眼泪也自然止住。他想，人这东西何以如此千差万别呢？这以前他同几个女子交往过，她们全都一忽儿哭一忽儿恼，然而哭法笑法恼法一人一个样。相似之处固然有，但不同的地方多得多，似乎同年龄毫无关系。和年长女子交往是第一次，他没像起初顾虑的那样把年龄放在心上，相比之下，每一个人身上的倾向性差异远为让他兴味盎然，他觉得那大约是解开人生之谜的关键。

差不多每次哭罢两人都接着做爱。女子主动的情况仅限于哭泣之后，此外总是他向女子求欢。女子拒绝的时候也是有的——她不声不响地默默摇头。那时她的眼神看上去仿佛黎明时分浮在远方天际的银白色的月，随着一声报晓鸟鸣而颤抖的瘪平瘪平的富有暗示

| 飞机 |

意味的月。看见她这样的眼睛,他就再也说不出什么了。对于做爱遭拒他也没怎么心焦意躁,没有快快不快,而以为本来就是这么回事,有时心里甚至有如释重负之感。那种时候,两人就坐在厨房餐桌旁一边喝咖啡,一边一点一滴这个那个低声谈论什么,而且一般都断断续续。一来性格上两人都不喜欢喋喋不休,二来也没什么共同话题。究竟谈了什么他已无从记起,只记得交谈时断时续。交谈之间,电车一辆又一辆从窗外驶过。

两人肉体的接触是安稳稳静悄悄的,不含有本来应有的肉体欢愉。当然,若说没有男女交媾的快乐,那是说谎。不过,那里边的确掺杂了太多的别的意念、要素和规定,而那和他迄今体验过的任何性爱都不同。这使他想起小房间。房间拾掇得整整齐齐,窗明几净,感觉舒适。五颜六色的彩带从天花板垂下,形状各异,长短不一,而每一条都令他神往,让他心颤。他想扯下一条试试。所有彩带都在等他拉扯。但他不知扯哪条合适。既觉得扯任何一条都会使眼前出现神奇的光景,又觉得一切都可能在那一瞬间烟消云散。他为之困惑不已,困惑之间,一天结束了。

对这一状况他百思不得其解。在这以前,他以为自己也是携带相应的价值观而活着的。可是在那个房间里边听电车声边搂抱沉默寡言的年长女子,他不时觉得自己正面对着汹涌而来的混乱不知何去何从。自己算是对这女子怀有爱情的么？他一次又一次询问自己。然而找不出明确答案。他所能理解的,不外乎那个小房间天花板垂下的五颜六色的彩带。**那东西位于那里。**

奇妙的交合完了之后,她每每瞥一眼钟。她在他怀抱里稍稍转过脸看枕边的钟。那是带有调频广播的黑色闹钟,当时的钟不是用数字盘表示的,而是"咔嗒咔嗒"小声翻页的那种。她每次看钟都有电车从窗前驶过。莫名其妙,她一看钟必有电车声响起,简直就像命中注定的条件反射。她看钟——电车通过。

她看钟是为了确认四岁女孩儿从幼儿园回家的时间。一次——仅一次——他偶然看见了小女孩儿。除了好像蛮乖的,没留下别的印象。在旅行社工作的喜欢歌剧的丈夫则一次也没撞上,值得庆幸。

女子问起自言自语的事是在五月间一个白天的偏午时分。那天她也哭来着,哭罢照旧做爱。至于那天她是因为什么哭的,他想不起来了。估计是想哭才哭的。或者她是想被谁抱着哭才跟自己交往

| 飞机 |

的亦未可知，有时他甚至这样猜想。没准她一个人哭不出来，所以需要我。

锁好门，拉合窗帘，电话机拿到枕旁，两人开始在床上云雨。做得非常平静，一如往常。中间门铃响了一次，她没有理会，也没怎么吃惊和害怕，只是默默摇了下头，意思像是说不要紧没什么的。门铃连响几次，对方终于作罢去了哪里。如她所说，不是什么大不了的来客，推销员什么的罢了。可是这点她何以晓得呢？他感到奇怪。电车声不时传来。远处有钢琴声响起，旋律多少有点耳熟。是过去在学校音乐课上听过的音乐，但曲名终究未能想起。一辆卖菜的卡车从门前咔咔碾过。她闭起眼睛长长吸一口气。他射了出去，射得极为安然。

他先去浴室淋浴。他用浴巾擦着身体折回时，女子趴在床上闭目合眼。他在她身旁坐下，像往常那样一边以视线追逐歌剧唱片脊背上的字母，一边用指尖轻轻抚弄女子后背。

不一会儿女子起身穿好衣服，去厨房冲咖啡。稍后女子这样说道：嗳，过去你就一直有自言自语的毛病？

"自言自语？"他惊愕地反问，"自言自语来着，那时候？"

"不是的,是平时。例如淋浴的时候啦,我在厨房你一个人看报纸的时候啦。"

他摇摇头:"不知道啊。根本没注意什么自言自语。"

"可你自言自语了么,真的。"女子边说边摆弄他的打火机。

"也不是就不相信。"他以似乎不大舒畅的声音说,而后叼起一支烟,从女子手里拿过打火机点燃。前不久他开始改吸"七星",因为她丈夫吸"七星"。那以前一直吸短支"希望"。她并没有叫他吸同一种烟,是他自己灵机一动变通的。他觉得这样肯定方便些,电视里的爱情剧就经常这样。

"小时候我也常自言自语来着。"

"是吗?"

"但给母亲改过来了——母亲说那成什么样子。每次自言自语都被狠狠训斥一顿,还把我关进壁橱。壁橱那东西真是可怕,黑麻麻的,一股霉味儿。也挨过打,用尺子打膝盖。这么着,很快就不自言自语了,改得利利索索。不知不觉之间,想说也说不出来了。"

他不知说什么好,遂沉默不语。女子咬住嘴唇。

| 飞机 |

"如今也是那样，即使一下子想说什么也条件反射地咽回去，小时候挨训的关系。可是我不明白，自言自语到底哪里不好呢？不就是话语脱口而出么？要是母亲还活着，真想问一问，问她哪里不好。"

"去世了？"

"嗯。"她说，"可我真想刨根问底，问她为什么对我那样。"

她继续摆弄咖啡匙。之后目光不经意地落在墙壁的挂钟上。一看钟，又有电车从窗外开来。

她等电车通过，继续道："人心这玩意儿，我想怕是深井那样的东西。谁都不清楚井底有什么，只能根据时而浮上来的东西的形状想象。"

两人就井思考了一些时候。

"比如我自言自语什么来着？"他试着问。

"是啊，"她缓缓地摇几下头，就像悄悄确认脖颈关节的灵活性，"比如说飞机。"

"飞机？"他问。

是的，她说，天上飞的飞机。

他笑了,自己怎么会自言自语什么飞机呢?

她也笑,用右手的食指和左手的食指测量浮在空中的虚拟物的长度。他也常做同样的动作,她的习惯传染给了他。

"别含糊,说清楚些,真不记得?"她问。

"是不记得。"

她拾起桌面上的圆珠笔,一圈圈地转动了一会儿,又一次看钟。五分钟时间里指针准确无误地前进了五分。

"你简直像念诗一样自言自语。"

说完,她脸有点儿泛红。为什么自己的自言自语会使她脸泛红呢?他不由有些纳闷儿。

"我简直像

念诗一样

自言自语"

他试着如此说一遍。

她重新把圆珠笔拿在手里。一支塑料圆珠笔,上面一行黄字:

| 飞机 |

某某银行什么什么分行开业十周年纪念。

他指着圆珠笔说:"喂,要是下次我再自言自语,就用那支笔记下可好?"

女子目不转睛地盯着他的眼睛:"真想知道?"

他点点头。

她拿起便笺,开始用圆珠笔在上面写什么。笔动得很慢,但不迟疑也不停顿。这时间里,他手托着腮看她长长的睫毛。她几秒钟眨一次眼,眨得不规则。如此定睛注视她那睫毛——就在刚才还被泪水打湿的睫毛——之间,他又糊涂起来,弄不清同她睡觉究竟意味什么。一种无可言喻的失落感——仿佛复杂系统的一部分被人拉长从而变得极其简单的失落感朝他袭来。他想,长此以往自己恐怕哪里也抵达不了。这么一想,他怕得不行,觉得自己这一存在即将融化消失。是的,他还年轻得像刚刚形成的泥团,还要像念诗一样自言自语。

写罢,女子隔桌递过便笺。他接在手里。

厨房里有什么残骸在静静地屏息敛气。同她在一起,他常常感觉出那残骸的存在。那是在某处一度失却之物的残骸,他没有印象的残骸。

"我么,全凭记忆写了下来。"她说,"这就是你关于飞机的自言自语。"

他出声地念道：

> 飞机
>
> 飞机在飞
>
> 我坐上飞机
>
> 飞机
>
> 在飞
>
> 但，就算在飞
>
> 飞机是在
>
> 天空上吗

"就这个？"他多少有些讶然。

"是啊，就这个。"她说。

"难以置信啊。说这么一长串，自己居然一点儿都不记得。"

她轻咬下唇，微微一笑："不过你说来着，是的。"

他叹口气："奇怪呀，什么飞机不飞机，从来就没想过。压根儿

| 飞机 |

没那记忆。怎么会突然冒出什么飞机呢！"

"可你刚才在浴室里还么说来着。所以，就算你说没想过飞机，你的心也还是在远方森林深处想飞机来着。"

"或者在森林深处制造飞机也不一定。"

随着"咔"的一声轻响，她把圆珠笔放在桌上，抬起眼睛盯视他的脸。

两人沉默有顷。桌面上，咖啡不断变浑，不断变凉。地轴旋转不休。月球让重力悄然发生变化致使潮涨潮落。时间在沉默中流逝。电车在铁路上驶过。

他也好女子也好，考虑的都是同一问题：飞机，他的心在树林深处制造的飞机——大小如何形状如何，涂何颜色，飞往何处，何人乘坐，在森林深处静等何人。

如此没过多久，她又哭了。一天当中哭两回，是头一遭，也是最后一次。对她来说，仿佛是一个特殊仪式。他隔桌伸过手碰她的头发。感触极为现实。恰如人生本身，坚硬、光滑，又相距遥远。

他想：不错，当时我的确像念诗一样自言自语来着。

045

我们时代的民间传说
——高度发达资本主义社会的前期发展史

这个故事,既是真事,又是寓言,同时也是我们二十世纪六十年代的 folklore(民间传说)。

我生于一九四九年,一九六一年上中学,一九六七年进大学,并在那场翻天覆地的骚乱中迎来了二十岁。因此我们绝对是六十年代的产儿,在一生中最易受伤害、最不成熟、故而最为重要的时期满腑满肺吸足了六十年代桀骜不驯的空气,自然命中注定般地陶醉其中。从"大门"到"披头士"再到鲍勃·迪伦,所有 BGM[1] 一应俱全。

六十年代那个年代,确乎有某种特殊的东西。如今回想起来这样想，即使当时也这样认为，认为此年代不同寻常。

我既非耽于往事，也不是在炫耀自己成长的时代（到底有谁一定要炫耀某个时代呢？那又有什么用呢？），我只是将事实作为事实记述下来。是的，那里边确乎有某种特殊的东西。当然——我是这样认为——那里边的东西本身算不上什么稀罕物。时代旋转产生的热量，堂而皇之的誓言，某种东西于某一时期展现的某种有限的辉煌，倒窥望远镜般的宿命式焦躁，英雄与恶棍，陶醉与幻灭，殉教与变节，概论与专论，沉默与雄辩，以及忍无可忍的等待，等等，等等——凡此种种，哪个时代都屡见不鲜，现在也比比皆是。但在我们的时代（请允许说得夸张点儿），此类东西是以能一一取诸手中的形式出现的。一个个就放在搁板上。即使现在拿在手上，也没有故弄玄虚的广告，没有堪可利用的相关信息，没有优惠券没有旨在提升品质的买卖选择权——没有这种啰啰嗦嗦黏黏糊糊的附属物。更没有成捆递过来的操作指南（喏，这是初级使用说明书，这是中级的，这是高级别实践用的。还有，这是连接主机的操作说明……），我们因之得以简单地拿在手里，带回家去，就像在夜市

---

1 background music 之略，背景音乐。

上买小鸡。一切简单得很，大可我行我素。想必那是通行如此做法的最后时代。

高度发达资本主义社会的前期发展史。

谈一下女孩，谈一下已装备了几乎崭新的男用生殖器的我们同当时还是少女的她们之间那兵荒马乱的、惬意而又凄婉的性方面的关系。此乃话题之一。

先谈处女性（"处女性"这一字眼使我联想到天朗气清的春日午后的原野。你呢？）。

在六十年代，处女性所具有的意义大于现在。依我的感觉——当然没有抽样调查，只能粗线条地说——我们那代人里边，二十之前便不再是处女的女孩估计也就占总数的五成左右，至少我周围的比率大体如此。也就是说，近一半的女孩还蛮看重处女性这个劳什子，至于是否出于自觉倒说不清。

如今想来，我们那代人中的女孩的多数（未尝不可以称为中间派）无论结果上是处女与否，内心大概都有很多困惑来着。表面上似乎既不将处女性视为至宝，却又不能干脆宣称那东西纯属无聊何必犯傻。所以，最终——照实说来——属于势之所趋的问题，就是说要视情况视对象而定。我以为这是相当稳妥的想法和活法。

在上述较为沉默的多数派女孩左右两边，存在着自由派和保守派。视性交为体育锻炼的女孩有之，坚定认为婚前应是处女的女孩有之。男人之中也有非处女不娶者。

任何时代都不例外——有各种各样的人，有各种各样的价值观。不过六十年代和与之相邻接的年代的不同之处在于：如果让那个时代顺利发展下去，其价值观的差异很可能在什么时候得到弥合。我们对此坚信不疑。

闲话休题。

以下是我一个熟人的故事。

我和他高中同班。一句话，这小子无所不能。功课门门好，体育样样行，待人亲切热情，又有领导才干。长相虽算不上英俊，但眉清目秀，很讨人喜欢，当班委理所当然。且语声朗朗悦耳，辩论滔滔不绝，连唱歌都够厉害。每次班上开讨论会，最后都由他发表总结性意见。意见当然远远谈不上独创性，但到底又有谁会在班级讨论会上寻求独创性意见呢！那种场合我们所寻求的，无非尽早——反正越早越好——散会罢了。也巧,只消他一开口,散会时间就到。在这个意义上,他真可以说是个宝贝人物。世上很多场合需要的并非什么独创性,或者说相比之下这样的场合多得多。

同时他还是个对纪律和良心怀有敬意的人。自习时间每当有人大声喧哗,他都会心平气和地予以提醒。无可挑剔。但如此人物的脑袋里究竟想的什么,却是无从想象的。有时我很想把那脑袋从脖子上卸下来摇晃几下,看有什么声音发出。不过他在女孩中间极有人缘,每当他在教室里霍然立起说什么时,女孩们全都以由衷钦佩的眼神朝他看去,遇到难解的数学题,她们必去问他。人缘至少比我多二十七倍。总之就是这样一个人。

大凡上过普通公立高中的人,肯定知晓现实中是存在如此类型的人的。哪个班都有一两个,若没有,这个班势必运转不灵。我们通过长期学校教育自然而然地掌握了种种生活常识,不得不承认和接受——情愿也罢不情愿也罢——共同体中存在如此类型人物也是其中我所学到的一个智慧。

不用说,从个人角度说我是不大中意此类人物的,不对脾性。怎么说呢,我宁肯喜欢不健全的、更有存在感的人。所以,尽管同班一年，但根本没打交道，甚至搭话都几乎没有。我同他第一次像样地交谈，是大学一年级暑假的事。两人同去一个驾校学开车，在那里见了几次面，等待时间里还一起喝茶来着。驾校那种地方实在——不是开玩笑——无聊透顶，无论哪个熟人，只要有熟人就想聊一聊。聊什么自是不记得了，反正没留下不好的印象。其实好坏都没什么印象，也真是不可思议（当然我在拿到驾驶执照之前同教练扭打起来，并巧妙地退出了培训，所以我们的交往是很短的）。

此外在他身上记得的，便是他有个女朋友。是其他班的女孩，在全校也是屈指可数的美人。长得好，学习好，体育也行，又有领导才干，班上每有讨论会都由她做总结性发言。哪个班都有一两个这样的女孩。

一句话，天造地设的一对。

处处都能发现两人的身影。午休时两人经常并坐在校园一角谈话，放学时经常搭伴回家。乘同一班车，在不同的站下。他在足球部，她在ESS（至今也不知道是否存在ESS这个词，总之是英语会话俱乐部），活动结束时间不一致的时候，早结束的一方便在图书馆看书。两人似乎有时间就在一起，而且总是说个没完没了。记得我还曾为此生出敬意：居然有那么一大堆话可说。

我们（我和我所交往的一伙不健全的朋友）没一个人拿他俩开玩笑，提都没提起过，因为那根本没有我等想象力涉足的余地，那已经作为理所当然之物存在于此。美加净先生与美加净小姐——简直是牙膏广告。至于两人想什么干什么，我们更不怀有一丝一毫的兴趣。我们感兴趣的是远为富有动感的世界：政治和摇滚和性和毒品。我们鼓起勇气去药店买来避孕套，单手解乳罩的技术也掌握了。听人说香蕉粉可以代替致幻剂，便弄来用烟斗吸。见到类似大麻的野草，就晒干了卷成纸烟受用。当然没有效果。不过这无所谓，一种庆典或祭奠仪式罢了。我们已被这些迷恋得如醉如痴。

在如此时期，有谁会对美加净先生和美加净小姐式的情侣有哪家子兴趣呢？

当然，我们无知而又傲慢。我们全然不理解人生为何物。现实世界不存在什么美加净先生什么美加净小姐，幻想罢了。那玩艺儿只存在于迪斯尼乐园或牙膏广告里。我们怀有的幻想也好他俩心中的幻想也好，程度上无非半斤对八两。

那是他们的故事，不令人心旷神怡，也没什么启示可言。但那既是他们的故事，同时又是我们本身的故事，所以，那就是民间传说。

这是我从他口里听来的，且是喝着葡萄酒聊天聊到最后他突然道出的，因此严格说来恐怕不能算是真人真事。加上有的地方已随听随忘了，细节要适当借助想象来填补，另外有的部分为了不给实有人物添麻烦而有意识地（不过程度上完全不影响故事主线）作了改动，但基本情况我想是不错的。因为，就算我忘了细节，他说话的调门儿至今也还是一一记得的。将一个人的谈话整理成文时最关键的就是要再现其谈话的调门儿，只要抓住调门儿，所述即是真事。事实也许有所出入，但仍不失为真事。事实上的出入甚至可以提高其**真实**性。相反，事实无一遗漏却又全然不是真事的故事这世上也是存在的，而那类故事基本上百无聊赖，有时候甚至是危险的，反正一嗅味道就嗅得出来。

另一点要交待的是，作为故事的讲述者他属二流角色。说来奇怪，在别的方面那么对他慨然关照的神明唯独没有给他讲故事的才能（话又说回来，这唯牧歌式技能在现实生活中也派不上什么用场），所以坦率地说，听他讲的过程中我好几次差点儿打起哈欠（当然没打）。有时跑题，有时在同一处兜来绕去，而且记起一段往事颇费时间。他将故事的断片拿在手里细细审视，直到认为准确无误后才一个个依序排列在桌面上。然而那顺序往往出错，我作为小说家——讲故事能手——要将一系列断片前后排好，再小心翼翼地用强力胶粘在一起。

完全想不到，我同他相遇的地方竟是意大利中部城市卢卡。

意大利中部。

当时我借住罗马一座公寓。妻正好有事回日本了，那时间里我便一个人悠悠然乘火车旅游，从威尼斯经维罗纳、曼托瓦、摩德纳，顺路到了卢卡。来卢卡是第二次。一座安静优美的城市，城郊有家餐馆的蘑菇甚是够味儿。

世界真小。

晚上我们在餐馆一起吃饭。双方都只身旅行，都很无聊。随着年龄的增长，单独旅行是很寂寞难耐的。年轻时不同，一个人也罢什么也罢，去哪里都乐在其中。但年纪大了不成，单独旅行只最初两三天还算开心，之后景致便渐渐让人厌烦了，人声也渐渐刺耳了，一闭眼就想起不快的往事。在餐馆吃饭也上不来兴致，等电车也觉得时间格外长，一次接一次看表，外语也懒得开口。

所以，我想我们一瞧见对方都像舒了口气。我们在餐馆火炉前弓身坐下，要来上等红酒，吃蘑菇前菜，吃蘑菇意面，吃烤蘑菇。

他是来卢卡采购家具的。他经营一家专门进口欧洲家具的外贸公司，当然获得了成功。他一没炫耀，二没暗示（只是递过一张名片，说开了一家小公司），但一眼即可看出他已把现世性成功握于掌中，身上的衣着、说话的方式、表情、举止及其传导的气氛都在分明地说明了这一点。成功同他这个人简直一拍即合，顺理成章。

他说看了我的全部小说。"我觉得我和你大约想法不同，追求的东西也不同，不过能对别人讲述什么毕竟是件美妙的事。"他说。

地道的见解。"如果讲述得好的话。"我说。

起始我们谈意大利这个国家：列车时刻表马马虎虎啦，吃饭花时间太多啦，等等。怎么引起的记不得了，总之到第二瓶基安蒂酒上来的时候，故事已经开讲了。我不时应和着侧耳倾听。估计他早就想找个人一吐为快，却从未如愿。假如地点不是意大利中部小城舒舒服服的餐馆，假如葡萄酒不是沁人心脾的八十三年陈酿，而炉火又正旺的话，故事很可能永无出口之日。

然而他开口了。

"我觉得自己这个人从来就枯燥无味。"他说，"很小很小时我就是个不会淘气的孩子。总好像四周有一道围栏，使得自己不能轻举妄动。眼前总觉得有导轨似的，就好像一条标识齐全的高速公路，什么往右拐啦前边有弯子啦禁止超车啦，等等。只要循规蹈矩，肯定畅通无阻，无论什么。只要那样去做，大家肯定夸奖，肯定欣赏。小时候我以为大家都和我一样有那种感觉，但后来发现不是的。"

他把葡萄酒瓶对着火光，注视了好一会儿。

"在这个意义上，我的人生、至少开头那段是一帆风顺的，没有任何算是问题的问题。但反过来我却没办法很好地把握自己生存的意义了。随着一天天的长大，这种焦躁感愈演愈烈，搞不清自己在追求什么。五项全能综合征。就是说数学能、英语能、体育能，无所不能。父母夸奖，老师表扬，好大学也进得去，但弄不明白自己到底适合什么、想干什么。大学选专业也是如此，选哪个好呢，根本摸不着头脑。上法学院好呢，还是工学院好呢，或者医学院好呢，哪个都无所谓，哪个都手到擒来。却没有正合心意的东西。这么着，就按父母和老师说的进了东大法学院，因为听说这个再稳妥不过了。没有明确的目标啊。"

他喝了口葡萄酒。"记得我高中时代的那个女朋友？"

"是姓藤泽吧？"我好歹想起。把握不大，结果说对了。

他点了下头。"是的，藤泽嘉子。就她来说也是这样，我喜欢她，喜欢同她在一起说这说那。我可以把自己心里的东西全部告诉她，她也完全理解我说的一切，怎么说也说不完。那实在妙极了，因为遇到她之前，我没有能说得上话的朋友，一个也没有。"

他和藤泽嘉子可以说是精神上的双胞胎。两人的成长环境惊人地相似。两人都相貌端庄、成绩出众，天生当领导的料，班上的超级明星。双方都家境宽裕而父母失和，且都是母亲年龄稍长，父亲有外遇，常不回家，没离婚只是因为顾忌面子，家里又都是母亲当家。无论干什么，大家都认为他俩理应占尽风光。两人都没交上知心朋友。人缘固然有，但交不上朋友，不知什么缘故，想必普通的不健全的人都要找同自己一样不健全的人做朋友。他俩总是形单影只，总是被迫绷紧神经。

但一个偶然的机会使两人要好起来。两人相互交心，很快成了情侣。时常一起吃午饭，一起回家，一有空就并肩交谈。要谈的话堆积如山。星期天一起做功课。两人在只有两人的时候心情最为舒畅，完全心心相印。他们百谈不厌，说的都是迄今为止怀有的孤独感、失落感、不安感以及某种类似梦幻的东西。

两人开始一星期来一次性爱抚。场所大体是在某一方家里。哪一方家里都几乎没人（父亲不在，母亲事多出门），机会容易得很。他们的规则是不脱衣服，并且仅用手指。如此贪婪地紧紧搂抱十或十五分钟，之后把椅子摆在同一张桌前一起看书学习。

"好了，这样可以了吧？差不多就看书吧！"她边整理裙摆边说。两人的成绩不相上下，学习起来如同做游戏。解数学题时比赛谁花的时间短。学习对于他们完全不是负担，差不多成了他们的第二天性。实在快乐得很,他说,也许有人以为我们犯傻,不过真是快乐,这种快乐,恐怕只有我们这样的人才领略得到。

但是,他对眼下的关系并不完全心满意足。他感到有所欠缺。是的,他是想同她睡。他需要真正的性爱。"肉体上的一体感。"他这样表述道。他认为有此必要,认为这样两人可以更加释然,更能息息相通。对他来说,此乃情感发展的必然趋势。

不料她对此是从截然不同的角度看待的。她抿起嘴唇,轻轻摇头。"我非常喜欢你,但婚前我想一直是处女。"她以沉静的语调说道。无论他怎样费尽唇舌,她都听不进去。"我喜欢你,非常,可那和这完全是两码事,对我来说界线清清楚楚。是对你不起,忍耐些吧,求你了。若是真喜欢我的话,是可以忍耐的吧?"

"给她这么一说,只能尊重她了。"他对我说,"那是生存方式问题,没办法死求活磨。我本身倒不怎么拿处女不处女当回事,即使结婚对象不是处女,我想我也不会怎么介意。我既不是观点激进分子,又不是想入非非的浪漫派,可也并非什么因循守旧,只是讲究现实而已。处女也罢非处女也罢,对于我算不上重要的现实性问题,重要的是一男一女能真真正正相互理解,我是这样想的。但终归是我的看法，不能强加于人。她有她描绘的人生场景。所以我忍耐了，一直把手伸到她衣服下面弄来弄去。大体怎么回事你明白吧？"

我说大致明白。我也有些记忆。

他红了下脸，淡淡一笑。

"那样也并不坏。问题是如果那样止步不前，我就永远都不能得到彻底休整。对我来说，那不过是悬在半空中的东西。而我需要的是毫不遮掩地同她融为一体：拥有和被拥有。想得到这样的证明。当然性欲也是有的，但不光是性欲。我说的是肉体上的一体感。出生以来我还一次都没体验过这种一体感。我总是孤单单的，而且总在某种围栏中战战兢兢。我想解放自己，觉得只有解放自己才能发现过去看上去模模糊糊的自身的本来面目，觉得只有通过同她彻底结为一体才能拆除一直限制自己的围栏。"

"但是没成？"我问。

"嗯，没成。"他定定地注视了一会炉膛里燃烧的柴，眼神出奇的呆滞。"直到最后都没成。"他说。

他也认真考虑过和她结婚，并果断地提了出来："大学毕业咱们就结婚,毫无问题,订婚当然提前办。"她默默地盯视了一会儿他的脸,随后漾出微笑,笑脸真是灿烂无比,显然对他的提议感到欢喜。但那微笑同时也带有几许凄寂,又显得临阵有余,仿佛一个谙于世故之人在听取毛头小伙子不成熟的所谓正论,至少当时他是这样感受的。"跟你说,那不行的。我不能跟你结婚。我要跟年长几岁的人结婚,你要跟年小几岁的人结婚的,这是世间的一般潮流。女人比男的成熟早,要早老化的。你还不大懂得世间是怎么回事。就算我们大学毕业马上结婚,也肯定顺利不了。我们肯定不能长此以往。当然我喜欢你,除了你,生来我还没喜欢过别人,但那和这是两码事(那和这是两码事成了她的口头禅)。我们现在是高中生,还受到种种样样的保护,但外面世界不是这样的,广大得多,现实得多,我们要做好准备才行。"

他觉得他可以理解她说的意思。和同代人相比,他也同样是个想法现实得多的人。若在别的场合作为概论来听,他也可能予以赞同。可是这并非概论,事关他本身。

"我想不通,"他说,"我非常爱你,想和你结合在一起。这是明摆着的事,对我至关重要。即使含有同现实不符的部分,坦率说来,我认为也不是大不了的问题。我就是这样喜欢你、爱你。"

她再次摇头,像是表示无奈,然后抚摸他的头发。"关于爱我们知道什么呢,"她说,"我们的爱还没接受任何考验,我们还没履行任何责任,我们还是孩子啊,无论我还是你。"

他无言以对,只是一阵悲哀,悲哀自己无法冲破四周的围栏。直到刚才他还以为那围栏是保护自己的,然而它此刻在阻碍他的进程。他感到软弱无力。自己还能做什么呢?他想,恐怕要永远关在这坚不可摧的围栏里,在里面虚度年华。

结果,这种关系两人一直保持到高中毕业。在图书馆碰头,一块儿用功,穿着衣服爱抚。看上去她对两人关系的不健全性丝毫不以为意,或者不如说似乎在赏玩这种不健全性。身边的人也深以为两人的青春铺满阳光。美加净先生和美加净小姐。困惑和怅惘始终藏在他一个人心里。

一九六七年春他考取东大,她进入神户一所有档次的女子大学。作为女大诚然一流,但以她的成绩,这一选择略嫌不足。只要她愿意,进东大都不在话下。但她没有报考,认为没必要。"我不是特想学习,又不想进大藏省。我是女孩子,和你不同。你是要一路向上的,可我往后四年想轻松轻松,喏,就是想喘口气。结婚后就什么都干不成了,是吧?"

这点很让他失望。他本想一起去东京重新磨合两人的关系。也这样说了:去东京上大学。但她还是摇头。

大学一年级暑假他返回神户,每天同她幽会(我就是这年暑假在驾校碰上他的)。两人坐她开的车去了好些地方,和过去一样相互爱抚,但他不能不意识到两人之间已开始出现某种变化,现实的空气已开始悄无声息地涌入其间。

也不是说有什么具体的戏剧性变化,或者莫如说太缺乏变化了。她说话的方式、衣装的样式、话题的选择、这方面的见解——同过去几乎一模一样,但感觉上他好像已经无法如以前那样融入那个天地了。有什么不对头,就像在一点点失去振幅的过程中犹然持续的重复行为。其本身并不坏,但方向把握不住。

大概是自己变了吧,他想。

他在东京的生活是孤独的。大学里也没交上朋友。街道乱糟糟脏兮兮的，吃的不合口味，人们讲话粗俗——至少他是这样觉得的。因此在东京期间他一直想她，晚间一个劲儿闷在房间里写信。她也回信（尽管数量比他少得多）。她详详细细地写了自己过着怎样的生活。他左一遍右一遍反复读这些信，心想，倘若她不来信，自己脑袋怕是早出故障了。他开始吸烟，开始喝酒，甚至不时旷课。

不料暑假迫不及待地返回神户一看，很多东西都已令他失望。也真是不可思议，离开这里不过三个月，却触目所见无不显得土里土气，死气沉沉。同母亲的交谈无聊得要死。在东京时原本那么令他怀念的四周景致看上去也衰败不堪，神户城也不过是个自以为是的村镇而已。他懒得跟别人谈话，从小常去的理发店也让他感到窒息。就连曾经天天领狗散步的海岸也显得冷冷清清，触目皆是垃圾。

同她的会面也没使他振作起来。每次见完面回家他都一个人冥思苦索：到底什么出问题了呢？他当然还在爱她，爱的心情丝毫未变。但仅此是不够的，他想，总得想个办法才行。热情这东西在某一时期是以其本身的内在力量行进的，但不会永远持续下去。若不在此想出办法，我们的关系也迟早要走到尽头，热情也可能窒息而死。

一天，他再一次提起久已冻结的性爱问题，打算作为最后一次。

"三个月时间里我一个人在东京始终考虑你来着。我想我是非常爱你的，离得再远也一样。问题是长久分离，很多事情都变得让人惶惶不安，忧郁的心情有时飞速膨胀开来。人这东西独处时是十分脆弱的。你肯定不理解。这以前我从来没有一个人这么待过，的确不是滋味。所以我希望你我之间能有一条实实在在的类似纽带的关系，希望获得即使天各一方也紧密相连的自信。"

但她仍旧摇头，尔后叹了口气，吻他一下，吻得极其温柔。

"对不起。可我不能把我的初次给你。这是这，那是那。凡我能做的什么都可以，只是这个不行。你若是喜欢我的话，就别再提这件事了，求求你。"

但是他重新提起了婚事。

"我班上也有人订了婚，两个。"她说，"但对方都有正正规规的工作。所谓订婚就是这个样子的。结婚是一种责任，是自立并接受别人。不负责任什么都得不到。"

"我负责任。"他斩钉截铁,"我已进了好大学,往后也能取得好成绩。这样,无论公司还是政府部门都能进去。什么都做得到。我准备以最好的成绩进入你喜欢的地方。什么都做得到,只要我想做。问题到底在哪里呢?"

她闭上眼睛,头靠车座后背,默然良久。"我害怕。"说着,她双手捂脸哭了起来。"真的害怕,怕得不得了。人生可怕,活下去可怕,几年后必须走上社会可怕。你为什么就不明白呢?为什么一点都不开窍呢?为什么这么欺负我呢?"他抱住她。"有我在就不可怕。"他说,"其实我也怕,和你同样怕。但只要和你在一起,就能勇敢地干下去。你我齐心合力,什么都无所畏惧。"

她摇头道:"你不明白的。我是女人,和你不一样。你不明白这点,根本不明白。"

往下再说什么都无济于事。她一味地哭泣不止,哭罢说出了一番匪夷所思的话来:

"我说,万一……万一我和你分手,我也会永远永远记着你的,真的,绝不会忘。我真的喜欢你。你是我第一个喜欢上的人,和你在一起非常开心,这你也知道吧。只是那和这是两码事。假如这方面你想得到什么许诺的话,我可以许诺:我和你睡。但现在不行。要等我和谁结婚后和你睡。不骗你,一言为定。"

"当时我完全搞不清她究竟想说什么。"他望着炉火说道。男侍应端来主菜,顺便往炉里添了柴,火星"噼噼剥剥"四下溅开。邻桌一对中年夫妇正在专心挑选餐后甜食。"莫名其妙,简直是谜。回到家想起她说的话,又一一琢磨一遍,但我无论如何理解不了她的想法。你明白?"

"就是说,以处女结婚,婚后再无须处女了,和你偷情也不碍事,所以叫你等到那时候——是这个意思吧?"

"大概是那个意思吧,也只能那样猜想。"

"想法固然离谱,但道理上基本讲得通。"

他嘴角漾出了笑意:"你说得对,道理上基本讲得通。"

"以处女结婚,当人妻偷情,很像过去的法国小说,就差没有舞会和女仆之类了。"

"不过,那倒是她能想到的唯一现实性对策了。"他说。

"可怜!"我说。

他看我的脸看了好一会,之后缓缓点头。"可怜!真是那样,你说的那样。你是真的明白啊!"他再次点头,"现在我也觉得是那样,我也终究增加岁数了嘛。可那时不那样认为,还不过是个孩子,人的内心的一个个微小震颤,在我还完全理解不了,只知道吃惊。老实说,真的差点儿惊个倒仰。"

"明明白白。"我说。

接下去我们默默吃了一阵子蘑菇。

"预料之中的事了。"稍顷,他说道,"最终我和她分手了。也不是哪方提出才分手的,可以说是自然而然终止的,静悄悄的。我也好她也好,肯定都累了,不再想维持那种关系了。以我的眼光看,她那活法——怎么说呢——好像有些违心。不,不对,准确说来,她本应活得更为像模像样些的,我感觉。我想我是为此而多少失望的。满脑袋都是什么处女啦、结婚啦,她本该把这些丢开,更为地道地欢度人生的。"

"不过，我想她只能那样活。"我说。

他点下头。"是啊，我也那样想。"他切开厚墩墩的蘑菇，放进嘴里。"没有弹性。这点我看得出。连根拔了出来。我也险些那样来着。我们从小就一直被人驱赶，赶我们快走、快走。也是因为有那种半生不熟的能力，就听命紧走慢走。但整个人的成长跟不上去，以致有一天连根拔了出来，包括道德观念。"

"你不至于吧？"我问。

"我想我总算越过去了。"他略一沉吟说道，然后放下刀叉，用餐巾擦了擦嘴。"和她分手后，我在东京找了个恋人。女孩子不错，我们同居了一阵子。说实话，同她交往当中没有和藤泽嘉子在一起时那样的心弦震颤，但我还是非常中意那个女孩。我们相互理解，能够推心置腹。从她身上学了不少东西，例如所谓人生是怎样一种存在，具有怎样的光点和怎样的弱点等等。也交上了朋友，政治上的兴趣也有了。倒不是我整个人一下子变了。我这人一向讲究现实，现在怕也一样。我不写小说，你不进口家具，如此而已。但我在大学里懂得了世界上有各种各样的现实性，懂得了世界很大，存在着形形色色的平行的价值观，而且不需要什么优等生。就这样走上了社会。"

"并且成功了。"

"算是吧。"说着,他不无羞赧地叹息一声,继而用盯视同谋一般的眼神看着我:"和同代人相比,我的收入的确高一大截,客观说来。"说罢,又沉默有顷。

但我知道故事并未到此结束,便一声不响地等待下文。

"自那以后一直没见到藤泽嘉子。"他继续道,"一直!大学毕业出来,我进入一家贸易公司,在那里干了五年,外国也派驻过,每天很忙。听说她大学毕业两年后结了婚,是母亲告诉的。没问对方是谁。听得这个消息我第一个念头是:她果真直到结婚都是处女不成?想的首先是这个。稍后有点伤心,第二天就更伤心了,觉得很多很多事情都一去不复返了,就像门永远在背后关上一样。也难怪,毕竟我真心真意喜欢她来着,作为恋人同她交往了四年之久。我——至少我这方面——甚至考虑到了结婚。她占据了我青春时代极大的一部分,伤感也是没办法的事。但我还是祝福她,真心祝福。因为——怎么说呢——对她有点放心不下来着,那孩子有很脆弱的部分。"

男侍应撤去我们的盘子，送来装有甜食的微型四轮车。我们说不要甜食，要了咖啡。

"我是晚婚。结婚时三十二。所以藤泽嘉子打来电话时我还独身，二十八吧，大概。想来已是十年前的事了。我刚从那家公司辞职出来单干了。求父亲担保，贷款办了一家小公司，因为我看准进口家具市场绝对有前景。但万事开头难，一开始不可能一帆风顺。交货滞后，货物积压，仓库租金增加，催还贷款。说老实话，累得我有些失去信心了，该是人生中最为黑暗的年月。正当那时候她来了电话，不晓得怎么查到我电话号码的。电话晚上八点打来，马上听出是藤泽嘉子的声音。那东西是忘不掉的。让人怀念呐，怀念得不得了。也是因为情绪处于低潮，旧日恋人的声音听起来感到格外宽慰。"

他像想起什么似的目不转睛地看着炉里的薪火。注意到时，餐馆里已座无虚席，到处是人们的笑语声和餐具的相碰声。客人看上去几乎都是本地人，多数人对男侍应直呼其名：朱塞佩！保罗！

"不知她是从哪里打听的，对我的情况居然了如指掌，还独身也好，长期驻外也好，一年前辞职单干也好，一清二楚。'别担心，你肯定会干得好的,要有自信!'她说,'你一定成功,不可能不成功!'说得我高兴极了。声音非常温柔,听得我精神为之一振:我能行!是她的声音让我找回了往日的自信,心想只要现实仍是现实,我就绝对能拼到最后,毕竟世界为我而存在。"说罢,他笑了笑。"接下去我问了她的情况:和什么样的人结婚啦,有无小孩啦,家住哪里啦。她说没有小孩,对方比她大四岁,在电视台工作,导演。我说那很忙吧,她说忙啊,忙得要小孩的工夫都抽不出,说着笑了。她住在东京,品川的一座公寓。我当时住白金台。虽不算近邻,也就在附近。不可思议啊,我说。我们就这样聊着,大凡高中时代的情侣在这种情况下所能聊的都聊了。多少发涩的地方有是有,但很愉快。总之,我们是作为离别多年而现在各奔前程的知心好友聊的。好久没这样畅所欲言了。聊了很久,互相该说的话全部说完之后,沉默降临了。怎么表达好呢……浓得化不开的沉默,闭上眼睛各种图像就好像历历在目那样的沉默。"他注视了片刻桌面上自己的手,之后抬头看我的眼睛,"可能的话,作为我很想挂断电话,道一句谢谢你的电话和你交谈很愉快。这你明白吧?"

"从现实性观点来看,那怕是最为现实的吧。"我赞同道。

"可是她不挂电话,让我去她家:'这就来玩儿可好?丈夫出差不在,一个人怪寂寞的。'我不知该怎么应答,没出声。她也没出声。沉默持续了一些时间,最后她这样说道:'可还记得以前我对你的承诺?'"

她说她还牢牢记着过去那个承诺。他一时摸不着头脑,一会儿猛然想起她曾说过婚后再同自己睡的话。他固然没有忘记,但从没当作承诺。他认为她所以旧话重提大约是当时脑袋混乱,乱得不知东南西北,以致顺口说出。

然而她头脑并不混乱。对她来说,那是承诺,是光天化日下的誓约。

他顿时糊涂起来,不知道怎样做才算正确。他一筹莫展,环视四周。但围栏不复存在,导轨已然消失。当然他想同她睡,这是不言而喻的事。分手后也好多次想象同她睡的情景。即使在有新恋人的那些日子,他也不知在黑暗中想象了多少回。回想起来,他甚至未曾目睹她的裸体。就她的肉体他所知道的,唯独探入衣服内的指尖感触。连内裤她都不曾拉下,仅仅让他探入手指。

可是他也清楚现阶段同她睡有多大危险。它所带来的伤害将远远不止一宗。他不想在此重新摇醒自己业已悄然丢在往日幽暗中的东西，觉得那不是自己应有的行为。那里边显然掺杂着某种非现实性因素，而那同自己是格格不入的。

问题是他无法拒绝。怎么好拒绝呢？那是永远的童话，是他一生中大约仅此一次的美好的仙境奇遇。和他共同度过人生最为脆弱时期的漂亮女友在说"想和你睡的，马上过来吧！"并且近在咫尺。更何况那是遥远的往昔在密林深处悄声许下的传说式承诺。

他久久闭目深思，感到自己已失去了话语。

"喂喂，"她呼道，"……君，你在那头吗？"

"在的。"他说，"明白了，这就去。估计用不到三十分钟。能告诉你家的地址？"

他把公寓名称和房间号和电话号码写在纸上，然后匆匆剃须、换衣服，拦出租车赶去。

"若是你怎么办呢？"他问我。

我摇摇头。实在没法回答这么难的问题。

他笑着凝视桌上的咖啡杯。"就连我也不想回答，如果能不回答的话。但办不到。必须当场拿主意：去，还是不去。二者必居其一，无中间路可走。结果我去了她家，敲她家的门。心想若她不在家该有多妙，然而她在。她和往日一样妩媚动人，一样顾盼生辉，气味也一如往日。我们两人喝酒，叙旧，还听了旧唱片。往下你猜怎么着？"

我猜不出。"猜不出。"我说。

"很久很久以前——小时候——看过一篇童话，"他望着前面相当有距离的墙壁说道，"什么情节忘光了，只清楚地记得最后一行。这是因为，第一次读到结尾那么奇特的童话。是这样结尾的：'一切完了之后，大王也好喽啰也好全都捧腹大笑。'不认为这结尾很奇特？"

"认为。"我说。

"若是记起什么情节就好了，偏偏记不起，唯独记得最后这莫名其妙的一行：'一切完了之后，大王也好喽啰也好全都捧腹大笑。'到底什么情节来着……"

这时候，我们的咖啡已经喝完了。

"我们搂在一起,"他说,"但没睡。我没让她脱衣服。我仍像从前那样只用手指,觉得这样再好不过。她也似乎认为这样最合适。我们不声不响地长时间相互爱抚。我们所应理解的那类东西,只能通过如此方式来理解。当然过去不是这样的,我们原本应该通过极为水到渠成的性爱来进一步相互了解的,或者那样更能使我们幸福也未可知。但那已经完结了,已被贴上封条、被冷冻起来了,任凭谁都无法取下封条。"

他在碟子上一圈圈地转动空了的咖啡杯,转了很久,以致男侍应走过来察看情况了。终于,他把杯收住,叫来男侍应,要了一杯蒸馏咖啡。

"在她那里大约待了一个钟头,准确记不得了,也就个把小时吧,差不许多。时间再长的话,神经恐怕受不了的。"说到这里,他微微一笑。"我对她道声再见离开,她也对我说了声再见。那可真是最后的再见了,这我明白,她也清楚。看最后一眼时,见她抱臂站在门口。她想说什么,但没有说。她想说什么,不问我也知道。我感到非常……非常空虚,像成了空洞。周围的声音听起来莫名其妙,各种物体扭曲变形。我在那一带漫无目标地走来走去,觉得自己此前度过的人生纯属无谓的消耗。我恨不得即刻折回她的房间，尽情尽兴地搂紧她，但那是做不到的，不可能做到。"

他闭起眼睛，摇摇头，喝一口端来的第二杯咖啡。

"说起来丢人——我直接上街买了个女人。买女人有生以来第一次，恐怕也是最后一次。"

我望了一会儿自己的咖啡杯，心里思忖：自己这个人曾经多么傲慢啊！并且很想把这点告诉他，但好像很难诉诸语言。

"这么说起来，觉得事情好像发生在别人身上。"他笑了笑，随即陷入沉思似的默然无语。我也默然。

"'一切完了之后，大王也好喽啰也好全都捧腹大笑。'"俄顷，他开口道，"每当想起当时情景，我就记起这一行字，条件反射地。我在想，深切的哀伤中总是含有些许滑稽。"

正如一开始交待的那样，这个故事里没有堪称启示性的东西。只是，这既是他身上发生的事，又是我们大家身上发生的事。所以，我听罢未能大笑，现在也笑不出。

加纳克里他

我的名字叫加纳克里他，给姐姐加纳马耳他当工作助手。

当然，我的真名不叫加纳克里他。这是当姐姐助手时的名字，即工作用名。离开工作时，我使用加纳多喜这个原名。我所以叫克里他，是因为姐姐叫马耳他。

我还没去过克里特岛[1]。

时常在地图上看。克里特是希腊距非洲最近的岛，形状如狗嘴叨的一块肉骨头，岌岌可危细细长长，是有名的古迹。克诺索斯宫殿。年轻的英雄沿着迷宫般的路线救助女王的故事。倘有机会去克里特岛，我一定去。

我的工作是帮姐姐听水的声音。我的姐姐以听水声为职业——听浸入人体的水的声音。不用说，这并非任何人都能做到的事。需

| 加纳克里他 |

要才能，需要训练。日本大概唯姐姐一人胜任。姐姐很早以前在马耳他岛掌握了这项技术。姐姐修行的那个地方，艾伦·金斯伯格（Irwin Allen Ginsberg）到过，基思·理查兹（Keith Richards）也去过。马耳他岛就是有那种特殊地方，在那里水具有极大意义，姐姐在那里修行了好几年，然后返回日本，取名加纳马耳他，开始了听人体水声的工作。

我们在山里租了一座独立的老房子两人一起生活。房子还有个地下室，姐姐把从日本全国各地运来的好多种水集中放进去。水装入瓷罐摆成一排。地下室最适宜保存水，同葡萄酒一个样。我的任务是好好照料水。有杂物浮起便把它捞出，冬天注意不使之结冰，夏天不使之生虫。做起来没有多难，又不花时间，所以一天大部分时间我用来画建筑图纸，若姐姐房间有客人来，我也端茶倒水。

姐姐天天把耳朵逐个贴在地下室里的水罐上，倾听它们发出的细微声响，每天听两三个小时。对姐姐来说，这便是所谓耳朵训练。每一种水发出的声音都不相同。姐姐也叫我做，我闭上眼睛，

---

1 原文中"克里他"和"克里特"为同一词。但日语中"克里特"的"特"和"马耳他"的"他"同音，均读作"ta"，作者的原意是藉此提示加纳马耳他和加纳克里他的姐妹关系，故本篇中逢人名译作"克里他"以体现作者之意。关于加纳姐妹，可参看作者的另一部长篇《奇鸟行状录》。

将全身神经集中在耳朵上。可是我几乎一无所闻,大概我不具有姐姐那样的才能。

姐姐说,要先听罐里的水声,那样很快就能听出人体内的水声了。我也拼命倾听,然而什么都听不到。也有时觉得多少听到一点,感觉上似乎极远极远的地方有什么在动,声音就像小飞蛾动了两三下翅膀。较之听到,程度上更近乎空气的微颤,可惜稍纵即逝,好像在跟我藏猫猫。

马耳他说很遗憾我听不到那声音。"像你这样的人更有必要好好听取体内的水声。"因为我是有问题的女性。"只要你能听到,"马耳他摇了摇头,"只要你能听到,问题就等于解决了。"姐姐是真心为我担忧。

我的确是有问题的,而且是我无论如何也消除不了的问题。男人们一看见我,就全都要强奸我。只消看我一眼,就无不想把我按倒在地,解开裤带。什么原因我不明白,从来就如此,从我懂事时就始终如此。

我认为自己确实漂亮,体形也极好,胸部硕大,腰肢苗条,自己照镜子都觉得性感。在街上行走,男人全部张大嘴巴看我。"可话又说回来，也并不是世间所有漂亮女人都被人强奸得一个不剩啊！"马耳他说。这点我也承认，有如此遭遇的仅我自己，没准我也有责任，男人们之所以对我想入非非，也许是因为我老是提心吊胆的。唯其如此，大家才一瞧见我这副样子就全都按捺不住，不由自主地大动干戈。

这么着，迄今为止我被所有种类的男人强奸过了。他们不由分说地扑上身来，有学校老师有同班同学有家庭教师有舅舅有煤气收款员，甚至包括来隔壁家救火的消防队员。怎么逃避都无济于事。他们用刀扎我，打我的脸，或用塑料软管勒我的脖子——便是这样凶相毕露地对我施暴。

于是，很久以前我就不再出门了。长此以往，我势必丢掉性命。我跟姐姐马耳他躲进人迹罕至的深山老林，照料地下室的水罐。

但有一次我杀死了一个企图强奸我的人。不，准确说来，是我姐姐杀的。那个男的同样要强奸我，在地下室里。是个警察。他是前来搞什么调查的，但开门那一瞬间便一副急不可耐的样子，当场就把我按倒在地，"咔嚓咔嚓"撕我的衣服，把自己的裤子脱到膝盖下面,手枪"当啷"作响。我吓得浑身发抖,哀求说别杀我随你怎么样。警察打我的脸。这时正好姐姐马耳他回来了,听到动静,便单手提一根撬棍赶来,朝警察后脑勺狠狠一击。随着类似什么东西凹瘪下去的"咕哧"一声响,警察昏迷过去。接着,姐姐从厨房拿来菜刀,像切金枪鱼肚皮似的把警察的喉管利利索索地切断了。姐姐磨菜刀十分拿手,磨出的菜刀总是锋利得令人无法置信。我目瞪口呆地看着。

"何苦那样?干嘛切断喉管?"我问。

"大致还是切断为好,以免留下后患。对方毕竟是警察,难保不会再来装神弄鬼。"马耳他说。姐姐处理事情非常讲究现实。

血出了好多。姐姐把血收进一个水罐。"血最好控干排尽,"马耳他说,"这样就不会留下后患。"我们大头朝下地拎起警察穿长靴的脚,直到血彻底排出。这家伙牛高马大,抓脚提起时身子重得不得了,若非马耳他力气大,根本提不动。她长得樵夫一般魁梧,力气也甚是了得。"男人袭击你不是你的责任。"马耳他抓着脚腕说,"是你身上水的关系,那种水不适合你的身体,所以大家才为那水所吸引,才魂不守舍。"

"可怎样才能把那水从体内赶跑呢?"我问,"我又不能老是这么避人耳目偷偷摸摸活着,不想就这样了此一生。"说实话,我真想到外面的世界生活。我有一级建筑师资格,通过函授教育取得的。取得资格后,参加了许多制图比赛,奖也拿了几个。我的专业是火力发电站设计。

"急不得的,要侧耳倾听。那一来,很快就会听到答案的。"说罢,马耳他摇晃警察的腿,让最后一滴血掉进水罐。

"可我们杀死一个警察,到底如何是好呢?一旦被发现可就非同小可。"我说。杀害警察是重罪,很可能被判死刑。

"埋到后面去。"马耳他说。

我们把被切断喉管的警察埋在后院里,手枪手铐文件夹长靴一股脑儿埋了进去。挖坑也好搬尸体也好埋坑也好,都是马耳他做的。马耳他一边模仿米克·贾格尔的声调哼着《一起欢度这夜晚》(Going To A GO-GO),一边进行善后作业。两人把埋上的土踩实,在上面撒下枯树叶。

当地警察当然彻底进行了调查,像扒草根一样搜寻失踪的同事。我们住处也来了刑警,这个那个询问了一番,但没发现线索。

"放心,保证露不了馅。"马耳他说,"喉管裂开,血已放干,坑又挖得那么深。"于是我们松了口气。

不料从下一星期开始,被害警察的幽灵在家中出现了。那幽灵把裤子脱到膝盖以下,在地下室走来走去,手枪"当啷当啷"作响。形象自是有失文雅,但无论形象如何,幽灵终究是幽灵。

"奇怪呀,为了不使他装神弄鬼再来,已经把他喉管整个切断了么!"马耳他说。一开始我怕那幽灵,毕竟警察是我们杀的。我吓得钻到姐姐床上浑身发抖。"没什么好怕的,他什么也干不成的。喉管断了,血干了,那个物件也休想挺起。"马耳他说。

不久,我也习惯了幽灵的存在。警察幽灵只是开裂的喉管一张一合着走来走去,也不是要干什么,无非走动罢了,一旦习惯了,倒也无所谓。也不再要强奸我了,血都干了,再无力气胡作非为。就算想说什么,空气也全都"咻咻"地从裂口那儿漏走了,根本不成言语。确如姐姐所说,切开喉管即万事大吉。我时不时故意一丝不挂地扭动身体勾引警察幽灵。腿张开了,色情动作也做了——实在色情得不得了,做梦都没想到自己居然会那样,可谓色胆包天。然而幽灵看上去完全无动于衷。

我因此有了充分的自信。

我再也不提心吊胆了。

"我再不提心吊胆了,谁也不怕了,谁都甭想打我的主意。"我对马耳他说。

"或许。"马耳他说,"不过你还是要听自己身上的水声才行,那才是再要紧不过的事。"

一天有电话打来,说准备新建一座大型火力发电厂,问我愿不愿意设计。听得我热血沸腾。我在脑海里勾勒出了几种新电厂图纸,想走到外面的世界去大显身手。

"不过么,走到外面,说不定还要倒大霉的哟!"马耳他说。

"可我想试试。"我说,"想从头试一次。这回我觉得能行。因为我已不再提心吊胆,再不会被人欺负了。"

马耳他摇了下头,说拿我没办法。

"可要当心哟!万万马虎不得。"马耳他说。

我走到外面的世界,设计了好几座火电厂。转眼之间我就成了这个行业首屈一指的人物。我有才华。我设计的火电厂别具一格,坚固结实，从无故障，厂里工作人员交口称誉。大凡有人想建火电厂必来找我，我很快成了富人。我在街上最好的位置买了一整座楼，住在最上一层，安了种种样样的报警装置，上了电子锁，雇了大猩猩般手段高强的保镖。

如此这般，我过上了优雅而幸福的生活——直到那个男子出现。

男子异常高大，一对燃烧般的绿眼睛。他拆掉所有报警装置，拧掉电子锁，打翻保镖，踢坏我房间的门。站在他面前我固然没有提心吊胆，可是男子毫不理会。他"咔嚓咔嚓"撕开我的衣服，裤子脱到膝下，粗暴地强奸了我，之后用刀切开我的喉管。刀锋利得很，简直像切热黄油一样把我的喉管切出个大洞。动作太麻利了，几乎没等我意识到就切开了。黑暗随之而来。警察在黑暗中走动。他想说什么，但由于喉管开裂，只有空气嘶嘶作响。接下去我听到了水浸入自己体内的声音。是的，听到了。声音虽小，但清晰可闻。我下到自己的体内，耳贴肠壁倾听微弱的水滴声：叮咚、叮咚、叮咚。

叮咚、叮咚、叮咚。

我的、名字叫、加纳克里他。

行　尸

一男一女在路上行走。墓地旁边的一条路。时值半夜,且有雾。他们也不愿意深更半夜走这样的地方,但由于各种各样的原因不得不从这里通过。两人紧紧地手拉着手,快步前进。

"简直像迈克尔·杰克逊的录像带。"女子说。

"唔,墓碑在动。"男子道。

这时,"嘎吱"——传来重物在哪里挪动的声响。两人停住脚步,面面相觑。

男子笑道:"不怕,别那么神经质。树枝摩擦声,风刮的。"

然而根本没刮什么风。女子大气不敢出地环视四周。感觉非常不妙,一种即将有邪恶事件发生的预感。

行尸!

但什么也没看见，起死复生的动静也没有。两人重新启步。男子表情显得格外死板。

"你走路姿势怎么那么难看啊？"男子突然冒出一句。

"我？"女子一惊，"我、我走路姿势就那么难看不成？"

"惨不忍睹。"

"真的？"

"罗圈腿！"

女子咬紧嘴唇。想必多少有那种倾向。鞋底磨偏了一点，可是并未严重到要被人特意当面指责的地步。

但她没说什么。她爱男子，男子也爱她，两人准备下月结婚，不想无谓地争吵。或许我有点罗圈腿，罗圈腿就罗圈腿吧。

"和罗圈腿女人交往，生来头一遭。"

"是么？"女子挤出僵硬的笑。这人是不是醉了？不不，今天他应该滴酒未沾。

"还有，你耳穴里有三颗黑痣。"男子说。

"哎呀，真的？"她问，"哪边呢？"

"右边。右耳刚拐进去就有三颗黑痣，真真俗不可耐。"

| 行尸 |

"讨厌黑痣?"

"讨厌俗气的痣。世上有哪个家伙会喜欢那玩意儿!"

她更紧更紧地咬住嘴唇。

"另外,还时不时一股狐臭味儿。"男子继续道,"以前心里就疙疙瘩瘩的。要是第一次遇上你是在夏天,肯定不会跟你这种人交往。"

她喟叹一声,放开拉着的手。

"喂,适可而止吧。怎么好那么说话?实在太过分了!以前你从没那么……"

"衬衫领子也脏兮兮的,就说你今天身上这件呢!你怎么就这么邋遢?怎么正经的事一件都做不好?"

女子闷声不语。气得无法开口。

"听着,对你的意见简直堆积如山。罗圈腿、狐臭、衣领脏、耳痣——不过是极小一部分。对了,你干嘛非戴那么不三不四的耳环不可?活脱脱一个娼妓!不,娼妓都比你文雅一百倍。与其戴那劳什子,还不如上个鼻圈好,和你的双下巴正好相配。噢,提起双下巴我想起来了:瞧你那老娘,不折不扣的猪!咕噜咕噜叫的猪!

那就是二十年后你的尊容。吃相那么狼狈,母女一模一样。猪!'呱唧呱唧'狼吞虎咽。你老爹也分文不值!连汉字都不会写,不是吗?最近好像给我家写了封信,让大家笑掉大牙,居然不会写汉字!小学怕都没念完吧?那家伙。算什么人家!文化贫民窟!浇上石油一把火烧掉好了!肥肉烧得吱吱响,肯定。"

"喂喂,那么横竖不顺眼,干嘛要和我结什么婚?"

男子不理不睬。"猪!"他说,"还有你的那里,活活要命。我是没办法才干的,就像松松垮垮的廉价橡胶制品。我要是有那么一副东西,早就一死了之了。假如我是女人,物件又是那个德性,早都羞死了。怎么死都成,反正越快越好,活着纯属丢人现眼!"

女子呆若木鸡,一动不动。"你居然……"

这当儿,男子双手抱头,痛苦地扭歪着脸,弓身蹲下,用指甲抓挠太阳穴。"痛啊!"男子说,"脑袋要裂开了,不得了,难受死了!"

"不要紧吧?"女子招呼道。

"哪里不要紧,受不了啦!皮肤一刺一刺地痛,像烧焦似的。"

女子伸手去摸男子的脸,男子的脸热得火烧火燎。她搓了一下。不料皮肤像被剥离开来一样"吐噜噜"掉了下来,露出血淋淋的红肉。她倒吸一口气,扭头跑开。

男子站起身,冷冷一笑,用自己的手三把两把将面部皮肤揭掉,眼球黏糊糊地蹿出垂下,鼻子只剩两个黑孔,嘴唇消失不见,牙齿原形毕露,并奸笑不止。

"我和你在一起,是为了吃你猪一样的肉,此外哪里有和你交往的意义?你连这个都不懂!你是傻瓜吗?你是傻瓜吗?你是傻瓜吗?嘿嘿嘿嘿嘿嘿……"

旋即,那血肉模糊的肉团随后朝她追来。她不停地奔跑,但无法逃离背后的肉团。在墓地的一角,那滑溜溜的手一把抓住她的衬衫领。她拼命大叫一声。

男子抱着她的身体。

她喉咙渴得冒烟。男子面带微笑看着她。

"怎么?做噩梦了?"

她爬起身,四下打量。两人正躺在湖滨一家宾馆的床上。

她摇头道:"叫了,我?"

"厉害着呢,"他笑笑,"叫声惊天动地。宾馆所有的人怕都听见了——但愿别以为是杀人了。"

"对不起。"

"哪里,没什么。"男子说,"讨厌的梦?"

"讨厌得无法想象。"

"能讲给我听听?"

"不想讲。"

"讲出为好。讲出来心悸什么的也就消失了。"

"算了,现在不想讲。"

两人沉默片刻。女子紧贴男子的裸胸躺着。远处传来蛙鸣。男子胸口不住地跳,缓慢而确切地跳。

"跟你说,"女子突然想起什么,"有句话想问。"

"什么?"

"我耳朵里可有黑痣?"

"黑痣?"男子说,"你莫不是说右耳里边那三颗俗里俗气的痣?"

她闭起眼睛。梦仍在继续。

眠

1

睡不着已是第十七天了。

我并不是在说失眠症。失眠症多少有所体验,上大学时曾有过一次类似失眠症的症状。之所以说是"类似",是因为我没有把握断定症状是否符合世人一般所说的失眠。去医院我想可以弄清是否属于失眠症,但我没去,觉得去也毫无用处。并非有什么特殊根据叫我这样认为,仅仅出于一种直觉:去也白费劲。所以没去找医生,也始终未向家人朋友提起。因为若是跟家人商量,必定劝我去医院。

"类似失眠症的症状"大约持续了一个月。一个月时间我一次也没迎来正正规规的睡眠。晚间上床就想入睡，而在想那一瞬间便条件反射一般睡意顿消。任凭怎么努力都睡不成，越是想睡越是清醒。也试过用酒和安眠药，毫不见效。

天快亮时才好歹有些迷迷糊糊的感觉，可那很难称之为睡眠。我可以在指尖略微感觉出类似睡眠边缘的东西，而我的意识则醒着。或浅浅打个瞌睡，但我的意识在隔着一堵薄壁的邻室十二分清醒地紧紧监护着我。我的肉体在迷离的晨光中往来彷徨，而又在近在咫尺的地方不断感受到我自身意识的视线和喘息。我既是急于睡眠的肉体，又是力图清醒的意识。

如此残缺不全的瞌睡藕断丝连地整整持续了一天。我的脑袋总是那么昏昏沉沉蒙蒙眬眬。我没有办法确认事物的准确距离及其质量和感触。瞌睡每隔一定时间便如波涛一样打来。在电车座位上在教室桌前或在晚饭席间我都会不知不觉打个瞌睡。意识轻快地离开我的身体。世界静悄悄地摇颤不已。我把东西一股脑儿扫下地板，铅笔手袋刀叉出声地掉在地上。我恨不得就势伏在那里大睡一场，但就是不成。醒无时不贴在我身边。我无时不感到有个冷冰冰的影子，是我自身的影子。瞌睡中我觉得心里纳闷：我竟在自身影子之

| 眠 |

中。我边打瞌睡边走路边吃喝边交谈，但费解的是，周围任何人都似乎未注意到我处于如此极限的状态。一个月时间我居然瘦了六公斤，然而无论家人还是朋友全都无动于衷，都没意识到我一直在瞌睡中生活。

是的，我的的确确是在瞌睡中生活。我的身体如溺水的尸体一般失去了感觉。一切都迟钝而浑浊，仿佛自己在人世生存这一状况本身也成了飘忽不定的幻觉，想必一阵大风即可将我的肉体刮去天涯海角，刮去世界尽头一个见所未见闻所未闻的地方。我的肉体将永远同我的意识天各一方，所以我很想紧紧抓住什么，但无论我怎么四下寻找，都找不到可以扑上去的物体。

每当夜幕降临，醒便汹涌而来。在醒面前我完全无能为力。我被一股强大的力牢牢固定在醒的核心。力是那样地无可抗阻，以致我只能持续醒到早晨的来临。我在漆黑的夜里一直睁着眼睛，几乎连思考问题都无从谈起。我一边耳闻时钟的脚步，一边静静凝视夜色一点点加深又重新变淡。

不料有一天这一切突然戛然而止。无任何预兆，无任何外因，终止得甚为唐突。早餐桌上我突然感到一股天旋地转的困意。我不声不响地离开座位。像有什么东西被我碰落了，像有人说了句什么，但我全不记得了。我跌跌跄跄地走进自己房间，衣服没换就钻进床，一下子睡了过去。昏昏然睡了二十七个小时。母亲担心地摇晃了我好些次，还打我的脸颊，但我没醒。二十七小时我睡得纹丝不动，而醒来时，我又返回一如从前的我，想必。

我闹不明白自己缘何得了失眠症，又缘何突然不医而愈。竟如远处被风吹来的厚重的阴云，云中满满地塞着我不知晓的不祥之物。谁都不知道它来自何处，通往何方。总之它赶来遮在我头顶，又不辞而去。

可是眼下我的不成眠与之全然有别，彻头彻尾不同。我**纯粹**是睡不成。一觉也睡不成。但除去睡不成这一事实，我处于极为正常的状态，我全然没有困意，意识清朗之至，甚至比平时还要清朗。身体无任何不适，食欲也有，不觉倦怠。以现实观点而言，其中毫无问题，单单不成眠罢了。

丈夫孩子也根本没注意到我的只醒不睡，我也只字未说，因为一说肯定劝我去医院。而我心里清楚，去医院也无济于事。所以什

| 眠 |

么也不说,同过去患失眠症时一样。我明白——只是明白——此乃必须由我自己处理的那类问题。

因此他们一无所知。我的生活流程表面上一如平日,有条不紊,按部就班。早晨送丈夫和孩子出门,之后像平时一样开车采购。丈夫是牙科医生,从我们住的公寓开车十分钟就到诊所,他和牙科大学时代的一个朋友共同经营这家诊所,技师和负责接待的女孩也由两人共同雇用。一方预约患者满了,另一方可以代为诊治。双方都手段高明,在几乎没有什么门路的情况下在那里开业,不出五年便把诊所开得有声有色,甚至有些忙过头了。"作为我原本打算轻松些来着。也罢,牢骚发不得的。"丈夫说道。

是啊,我说。牢骚发不得的,的确这样。为开诊所,我们必须向银行贷款,款额多得始料未及。牙科诊所需要很多设备投资,竞争又过于剧烈。开了诊所也并不是说第二天就有患者蜂拥而至,招不来患者而关门大吉的诊所比比皆是。

开诊所时,我们都还年轻,经济捉襟见肘,又有个出生不久的孩子,谁都不知道我们能否在这个弱肉强食的世界上活下去。但时经五年,我们毕竟勉勉强强保住了性命,牢骚发不得的。贷款也还有差不多三分之二没还。

"你长得帅,患者怕是要挤破门的。"我说。老玩笑了。之所以这样说,是因为他一点也不帅。至今我还不时想:为什么自己偏偏同面孔如此莫名其妙的人结婚呢?本来自己是有英俊些的男朋友的。

我没有办法用语言恰当表述他长相的莫名其妙。帅固然算不得,可也并非丑陋,亦非有味道的面孔。老实说,只能用"莫名其妙"。或者用"无可捉摸"来形容倒也相差无几。但不仅如此。最关键的,我想是丈夫脸上有某种使之无可捉摸的因素。只要抓住这个,恐怕即可弄清其"莫名其妙"的全部含义,但我至今仍未把握住。一次曾出于一种需要而尝试把他的脸描绘下来,结果未能如愿。拿起铅笔面对画纸,却怎么也记不起丈夫是怎样一副尊容。我不无吃惊。朝夕与共这么长时间,居然想不出丈夫生有怎样的面孔。见面当然了然,脑海里亦可浮出,而一旦要画下来,却发觉自己原来什么也不记得。就好比撞在看不见的壁上,只落得徒唤奈何,记得的唯独莫名其妙的面孔。

这时常使我不安。

|眠|

但社会上大多数人对他怀有好感。不用说,对于他从事的那种职业,这是非常要紧的。即使不当牙科医生,在一般职业上我想他也会成功。同他交谈的时间里,大多数人看上去都会不知不觉产生一种释然感。遇见丈夫之前,我还一次也没碰上这种类型的人。我的女友们也都很中意他。当然我也喜欢他,爱他,我想。但若准确说来,我觉得并非特别"中意"。

可不管怎么说,他能孩子般地笑得水到渠成,笑得好看。普通成年男人笑不出那个样子。另外——也许理所当然——他牙齿长得珠圆玉润。

"长相帅气不是我的罪过。"丈夫微微一笑。老生常谈。这是只能在我们两人之间通行的单调的玩笑,但我们通过交换这个玩笑,可以相互确认一个事实,确认我们尚如此苟延残喘的事实,而这对我们来说是一种相当重要的仪式。

早上八点十五分他把"蓝鸟"开出公寓停车场,让孩子坐在他身边。孩子的小学位于他去诊所的路上。"小心!"我说。"放心!"他回答。台词千篇一律。但我又不能不说出口来:"小心!"

而丈夫又不能不这样回答："放心！"他将海顿或莫扎特的音乐磁带塞进车里的音响，一面随旋律"呜呜"打口哨，一面发动引擎。父子俩招手离去。招手样式两人相似得近乎奇妙，以同样角度偏过脸，同样把手心朝向这边轻轻左右晃动，简直像被谁巧妙操纵着似的。

作为专用车，我有一辆半新不旧的本田"思域"。两年前一位女友以几乎白给的价钱转让给我的，保险杠凹陷了，型号也旧了，点点处处生了锈。差不多已跑了十五万公里。有时——一个月大约一两次——引擎变得极不好使，怎么转动钥匙也发动不起来，却又不值得特意送修理厂。连哄带劝折腾了十多分钟，引擎才好歹**咕噜噜**发出快意的声音开始发动。也是没办法的事，我想。无论什么无论谁，一个月都有一两次情况不妙，都有怎么都不顺当的事。所谓世间就是这么一种东西。丈夫把我的车称为"你的蠢驴"。不管他说什么，车总归是我自己的车。

我开起这辆本田"思域"去超市采购，采购回来打扫房间，洗衣服，准备午饭。早上我注意尽可能雷厉风行地活动身体。如果可能，晚饭也一并准备妥当。这样，整个下午就成了自己的时间了。

丈夫十二点多回来吃午饭。他不喜欢在外面吃。"又挤,又难吃,又给衣服染上烟味儿。"他说。即使花时间往返他也喜欢回来吃。不过午饭反正我不怎么下功夫,头天有剩的就开微波炉热一热,没有就用荞麦面应付一顿,所以做饭本身倒不甚麻烦。况且较之我一个人默默吞食,当然是同丈夫一起吃有趣。

时间推前一些——在刚开诊所不久那段日子,午后第一个小时往往没人预约,那时我们就在午饭后上床。那可真是痛快淋漓的交合。四下悄无声息,午后平和的光线泻满房间。我们比现在年轻得多,快乐得多。

当然现在我也觉得快乐。家庭丝毫没有争吵的阴影。我喜欢丈夫依赖丈夫,是这样的,我想。作为他想必也是如此。不过,或许势所难免,随着岁月的流逝,生活的质开始一点点发生变化。如今下午预约排得满满的,吃罢午饭他就去卫生间刷牙,赶紧上车赶回诊所。几千几万颗病牙在等着他。但正如我们经常相互确认的那样,牢骚发不得的。

丈夫返回诊所后,我拿起泳衣和浴巾开车去附近的体育俱乐部，在那里游三十分钟，游得相当卖力。我并不怎么喜欢游泳这种运动，游泳只是为了不想让身体长出多余的肉。以前我就特别欣赏自己身体的线条。老实说，我从未欣赏过自己的容貌。坏并不坏，但欣赏不来。可是我喜欢我的身体，喜欢裸体站在镜前，喜欢那柔和的轮廓，那恰到好处的活力，对我来说那似乎含有某种极其重要的东西。是什么我不知道，总之我不愿意失去。

我已经三十了。人到三十自会明白，年届三十并不意味世界就此完结。我不认为年龄增大是令人欣喜的好事，但因年纪大而变得开心的事也是有几桩的，这属于想法问题。不过有一点是清楚的：如果三十岁女人真的珍惜自己身体并想通过正当途径保持下去，那就必须付出相应的努力。这是从我母亲那里学到的。母亲曾是身段苗条的美貌女性，可惜今非昔比了，我不愿意像我母亲那样。

对于下午游泳后的剩余时间，每天的打发办法也不相同。有时去站前踱着方步浏览商品橱窗，抑或回家坐在沙发上看书，听FM广播，听着听着晕乎乎睡过去。不久孩子放学回来。我让孩子换过衣服，给他一点零食，吃罢零食孩子就跑去外面和同学一块儿玩耍。才小学二年级，没送去补习学校，也没让他操练什么。只管让他玩去好了,丈夫说,玩起来自然长大。外出时我叮嘱一声"小心",孩子答说"放心",同丈夫无异。

薄暮时分,我开始准备晚饭。孩子最迟六点回来,看电视里的动画片。诊所若不加班,丈夫七点之前返回。他滴酒不沾,也不喜欢不必要的交往,工作一完,大体上就直接回家。

吃饭时间里三个人一起交谈,谈各自的一天,但无论如何说话最多的是儿子。也是理所当然,对儿子来说周围发生的每一件事都那么新鲜,那么充满疑问。儿子叙说,丈夫和我发表感想。吃完饭,儿子独自做他喜欢的事,看电视,看书,或者同丈夫做游戏,有作业时就闷在房间里做作业,八点半上床躺下。我给儿子盖好被,摸摸他的头发,道声晚安熄灯。

之后便是夫妇两人的时间。丈夫坐在沙发上,边看报边同我聊一会儿。聊患者,聊新闻报道。听海顿或莫扎特。我也不讨厌听音乐,但怎么听也分辨不出海顿与莫扎特之间的差异,那些在我耳里几乎没有不同。我这么一说,丈夫说差异那东西听不出来也不碍事,美的就是美的,这样何尝不好。

"就像你的漂亮一样。"我说。

"对，像我的漂亮一样。"说罢，丈夫莞尔一笑。笑得似乎甚为开心。

这就是我的生活。是我睡不着前的生活。大致说来，几乎天天如此，周而复始。我写过简单的日记，两三天忘了写，便分不清哪天是哪天了，昨天和前天颠倒过来也丝毫不足为奇。我不时感叹这算是怎样的人生啊！并不是说因此感到空虚，而仅仅是为之惊诧，惊诧昨天与前天混为一谈的事实，惊诧这样的人生竟包含自己吞噬自己的事实，惊诧自己留下的足迹没等确认便被风倏然抹去的事实。每当这时我就在卫生间镜前看自己的脸，目不转睛看十五分钟，排空脑袋专心致志地看，将自己的脸作为纯粹物体凝目逼视。这一来，我的脸便渐渐离开我自身，作为单纯同时存在的**东西**离开。我认识到这即是现在，与足迹毫无关系。此时我便是这样与现实同时存在，而这是再重要不过的。

然而此刻我无法成眠。不成眠后连日记也不再写了。

2

我真切地记得第一个不成眠之夜的情形。当时我做了个不愉快的梦，一个黑洞洞滑溜溜的梦。内容记不得了，记得的只是那不吉利的感触。在梦的顶峰我醒了过来。若再沉浸在梦境中势必积重难返——就在那紧急关头像被什么拽回似的猛然睁开眼睛。睁眼好半天都只顾大口大口喘气，手脚麻木活动不自如。而凝然不动，便如横卧在空洞中一般，唯闻自己的喘息声如雷贯耳。

是梦，我想。我依然静静仰卧，等喘息平复下来。心脏急剧跳动。为了迅速往里输送血液，肺叶犹如风箱一般一张一缩，但其张幅随着时间的流过而慢慢减小慢慢收敛。现在到底是什么时候呢？我想看一眼枕旁闹钟，却无法顺利扭过脖子。这时，忽然觉得脚下好像有什么冒出，如隐隐约约的黑影。我屏住呼吸。心脏肺叶以及我体内的一切一瞬间都冻僵似的停止不动。我凝目往黑影看去。

凝目一看，黑影的形状急不可耐似的急速清晰起来。轮廓变得分明，实体注入其中，细部历历在目。原来是个穿着紧身黑衣服的瘦老人。老人头发又灰又短，双颊凹陷，一动不动站在我脚下。他一言不发，只管目光炯炯地逼视着我。眼睛特大，连上面鼓起的红血管都清晰入目，但脸上却没有表情。他全然不言不语，洞穴般空空如也。

这不是梦,我想。我从梦中醒来。并且不是迷迷糊糊醒来,而是如被弹起一般。所以这不是梦,**这是现实**。我想动一动,或叫起丈夫,或打开灯,然而拼出所有力气也动弹不得,实在是连一根手指都不能动。明白不能动,我立时一阵惶恐。那是一种追根溯源的恐怖,犹如从记忆的无底深井中悄然冒上的冷气,一直冷彻我存在的根。我想喊叫,但喊叫不出,连舌头都不听使唤。我唯一能做的,就是定定地注视着老人。

老人手里拿着什么,细长而线条圆熟,闪着白光。我定眼细看。细看之下,那个**什么**也开始呈现出像模像样的形状。是水壶,老人在我脚下手持水壶。陶水壶,以前的老样式。片刻,他举起水壶,开始往我脚上倒水。但我感觉不出水。能看到水泻在我脚上,能听到其声响,可是脚一无所感。

老人仍然不停地往我脚上倒水。奇异的是,无论怎样倾倒,水壶里的水都源源不断。我开始觉得我的脚不一会儿有可能腐烂溶解。如此长时间淋水,腐烂也无足为奇。想到自己的脚将烂掉溶掉,我再也忍耐不住了。

我闭上眼睛,发出大得不能再大的叫声。

|眠|

然而我的叫声竟出不得口。舌头无法震动空气，叫声只在我体内无声地回荡。无声的叫声在我身体里往来流窜，止住心脏的跳动。刹那间脑袋一片空白。叫声渗入细胞的每一间隙。我身上有什么在消亡，在溶解。那真空的震颤闪电一般将关系到我存在的许许多多毫无道理地焚毁一尽。

睁开眼睛时，老人不见了，水壶也不见了。我看自己的脚。床上没有淋水的痕迹，床罩仍是干的，但我身上却大汗淋漓。汗出得怕人，很难相信一个人竟会出那么多汗。可那是我的汗。

我一根接一根伸屈手指，又弯了弯胳膊，尔后动了动脚，转脚腕，屈膝。尽管不够自如，但这些部位总还能动。我小心翼翼地确认了一遍全身上下能动之后，轻轻坐起身来，四下环顾外面街灯隐约辉映下的房间每个角落——哪里也不见老人的身影。

枕边闹钟指在十二点半。上床时还没到十一点，只睡了一个半小时。丈夫在邻床睡得正酣，简直像失去知觉似的睡得连呼吸声都没有。他一旦入睡，便轻易不醒。

我下床走进浴室，脱下汗水沁湿的睡衣扔进洗衣机，冲个淋浴，之后擦干身体，从橱里拿出新睡衣换上，接着打开客厅落地灯，坐在沙发上喝杯白兰地。我几乎不喝酒。倒不是丈夫那种完全喝不得酒的体质，以前喝得相当可以，婚后毅然戒掉了，至多睡不着时喝一口白兰地。但那天晚上为了平复亢奋的神经，无论如何都想喝满一杯。

壁橱里有一瓶人头马。这是我们家唯一的酒精。别人送的。很久很久以前的事了，谁送的也不记得了。瓶子上已薄薄落了一层灰。白兰地酒杯当然谈不上，便倒进普通杯里，一口一口慢慢啜着。

身体还在微微发抖，恐怖则渐渐收敛了。

大概是魇住了，我想。魇住虽是第一次，但那情形早已从大学时代有过体验的同学口中听说过。那般真真切切活龙活现，怎么都不像是做梦，她说，"那时没认为是做梦，现在也不认为。"的确不是做梦，我想。但无论如何那终究是梦，一种不像梦的梦。

恐怖尽管收敛了，体颤却怎么也停不下来，皮肤表面总是瑟瑟微颤不止，如地震后的水纹。细小的颤抖肉眼都看得一清二楚。喊叫的关系，我想。未能出声的喊叫憋在我体内，仍在使身体发颤。

我闭上眼睛，又啜了口白兰地。我感觉得出温吞吞的液体从喉

| 眠 |

头缓缓下到胃里，确乎是实实在在的感觉。

忽然，我惦记起孩子来。想到孩子，胸口又一阵急跳。我从沙发上立起，快步走去孩子房间。孩子仍睡得很香，一只手搭在嘴角，一只手横向探出，一看就知道孩子同丈夫一样睡得肆无忌惮。我整理好被孩子蹬乱了的被子。我不明白到底是什么粗暴地摧毁了我的睡眠，总之像是只冲我一人来的，丈夫孩子完全无动于衷。

折回客厅，漫漫然来回踱了一会。其实我还想喝酒，想用酒再暖和一下身体，再镇静一下神经，想再次在口中体味那股凛冽的酒味儿。但略一踌躇，决定不再喝了。我不愿意把醉意带给明天。我把白兰地放回壁橱，杯子拿到洗涤槽洗了，随后从电冰箱里拿出草莓来吃。

意识到时，肤颤已基本停止。

那穿黑衣服的老人到底是什么人呢？完全没有印象。黑衣服也很奇妙，颇像紧身运动套装，样式却显然早已过时。自己还是第一次见到那样的衣服，还有那眼睛，那一眨不眨红肿充血的眼睛。到底是谁呢？为什么往我脚上淋水呢？何苦偏干那种事呢？

我全然摸不着头脑，没有想得起来的线索。

同学魇住是在去她未婚夫家里的时候。刚躺下就出来一个愁眉苦脸的五十岁上下的男人,喝令她从这个家出去。那时间里她僵挺挺地动弹不得,同样大汗淋漓。当时她以为来人肯定是未婚夫已故父亲的幽灵,是他父亲叫自己出去,但第二天未婚夫给她看他父亲的相片,原来长相同昨夜出来的完全两样。她说大概是自己紧张的缘故,所以才遭遇梦魇。

可是我根本就不紧张。再说这里是我的家。应该没有什么在此威胁我。那么我何以现在非在此魇住不可呢?

我摇摇头。算了,不再想了,想也没用。只不过梦逼真一些罢了。估计不知不觉间身体堆积了疲劳,肯定是昨天打网球造成的。游罢泳上来,在俱乐部见到的一个朋友约自己打网球,打的时间稍长了点儿,打完后手脚半天恢复不过来。

吃过草莓,我在沙发上歪倒,试着合起眼睛。

全然没有睡意。

我暗暗叫苦。竟一点儿也不困。

我想困之前看看书也好,便进卧室从书架挑了本小说。开灯挑书时,丈夫纹丝未动。挑的是《安娜·卡列尼娜》。反正我就是想看长长的俄国小说。《安娜·卡列尼娜》很早以前看过一次，大约高中时代看的，梗概几乎忘光了，只记得第一节和最后主人公卧轨自杀。"幸福的家庭都是相似的，不幸的家庭各有各的不幸。"开篇这样写道——不至于记错。我想这在一开始就暗示出高潮阶段主人公的自杀。接下去莫非是赛马会场面？抑或是别的小说里的？

不管怎样我折回沙发打开书页，如此悠悠然坐下来看书已经时隔多少年了呢？午后剩余时间打开书本三十分钟或一个小时当然是有的，但准确说来那不叫看书，即使看脑袋也在想别的：孩子，买东西，电冰箱情况不大正常，出席亲戚婚礼穿什么衣服合适，一个月前父亲做的胃切除手术……蓦然浮上脑海的总是这些，并且接二连三朝派生方向膨胀开去。回过神时，唯独时间过去，书页几乎没有进展。

不知不觉间，我已习惯了没有阅读的生活。回头想来，委实不可思议。因为从小看书就是我生活的中心，上小学时从图书馆借来看，零花钱差不多全给买书花掉了。我削减伙食费，省下来买自己喜欢看的书。初中高中也没有我这么爱看书的人。兄弟姐妹五人我是老三，且父母都有工作都是忙人，家里没有人留意我，我尽可以独自看书。每有读书感想征文活动，我次次都去应征，希望能得到购书奖券，好在差不多都获了奖。大学我选的是英文专业，成绩也都优秀，关于曼斯菲尔德[1]的毕业论文得了最高分。教授劝我留在研究生院，但那时我想走上社会。说到底我并非学究式人物，这点我自己十分清楚。我不过爱看书而已。何况，就算我想留在研究生院，家里也不具有供我读研究生的经济余力。家里虽算不得困难，但我下面还有两个妹妹，我必须大学一毕业就离家自己谋生，必须绝对以自己的双手挣钱活命。

最后完整看一本书是什么时候来着？当时到底看的什么书？但怎么也记不起，书名都记不起来。人生何以变得如此面目全非呢？那个走火入魔般一味看书的我究竟跑去哪里了呢？那段岁月，那股可谓异乎寻常的激情于我到底算什么呢？

但那天夜里，我得以把注意力集中在《安娜·卡列尼娜》上。我什么也不想，忘我地翻动书页，一口气读到安娜·卡列尼娜同渥伦斯基在莫斯科火车站相见那里，然后夹上书签，再次抽出那瓶白

---

1 Katherine Mansfield（1888—1923），短篇小说家，被誉为新西兰文学的奠基人之一。

兰地，倒一杯喝了。

过去读时丝毫没有意识到，而现在想来这真是一部奇妙的小说。小说主人公安娜·卡列尼娜直到第一一六页都一次也未亮相，对于这个时代的读者，这不会很不自然吗？我就此翻来覆去想了一会。关于渥伦斯基这个无聊人物的生活场景的描写绵绵不绝——读者们难道会对此静静忍耐而一心等待美丽的女主人公出场？或许如此。想必当时的人时间绰绰有余，至少看小说阶层是如此。

蓦然回神，时针已指向三点。三点？而我一次也没合眼。

怎么办呢？

一点儿不困，可以一直这样看下去，也很想接着看。但我必须睡觉。

我陡然想起以前为失眠困扰的那段时间，想起一整天都恍惚被依稀的云雾包拢的那些日子。那已经足够了！那时我还是学生，因此也对付得了。可现在不同，我已是妻子，是母亲。我有自己的责任，必须为丈夫做饭，照料孩子。

但即刻上床怕也睡不成觉，我心里明白。我摇摇头。无可奈何。我根本不困，又想往下看书。我叹了口气，觑一眼桌上的书。

结果，我看《安娜·卡列尼娜》一直看到晨曦微露。安娜和渥伦斯基在舞会上相互注视，堕入命中注定的情网。安娜在赛马会（到底有赛马会）上看见渥伦斯基从马上坠下，惊叫失态，向丈夫坦白了自己的不贞。我似乎同渥伦斯基一起骑马越过障碍，耳闻人们的欢呼，并从观众席上目睹渥伦斯基落马。待窗口变亮，我放下书，在厨房里煮咖啡喝，脑海中残留的小说场面和突如其来的汹涌的饥饿感，使得我什么也思考不成。自己的意识和肉体仿佛在某处错离且固定下来。我切开面包，抹上黄油和芥末，做奶酪三明治，就站在水槽前吃着。如此饥肠辘辘在我非常少见。饿得无可遏止，直叫人透不过气。吃完三明治肚子仍没饱，便又做个三明治吃了，又喝杯咖啡。

3

遭遇梦魇也罢，彻夜不眠也罢，我都对丈夫绝口未提。倒不是有意隐瞒，只是觉得没有说的必要。说也无济于事，况且一个晚上没睡想来也不是什么了不得的问题，谁身上偶尔都会发生。

我一如平日给丈夫端上咖啡，让孩子喝热牛奶。丈夫吃烤面包片,孩子吃玉米片。丈夫浏览报纸,孩子小声哼唱新学的歌。尔后父子两人钻进"蓝鸟"走了。"小心!"我说。"放心!"丈夫应道。两人朝我摆手。与往常毫无二致。

两人离开后,我坐在沙发上盘算往下干什么。该干什么呢?必须干什么呢?我进厨房拉开冰箱门,查看里面的东西,得知今天一天不采购也不碍事。面包有,牛奶有,鸡蛋有,肉有冷冻的,蔬菜也有。到明午的用量基本够用。

银行有事要办,但也不是今天非去办完不可,推至明天也没关系。

我坐在沙发上开始接着看《安娜·卡列尼娜》。重看时我才认识到,原来自己对《安娜·卡列尼娜》的内容可以说几乎忘个精光,出场人物、场面也差不多没有记忆,甚至觉得完全是在看另一本书。不可思议!当时看相当激动来着,结果却什么也没在脑袋里剩下,记忆中本应有的感情震颤和亢奋也不觉之间落花流水荡然无存。

那么,当时我为读此书消耗的大量时间到底算什么呢?

我放下书,就此思索良久,可是想不明白,后来连自己在想什么竟也稀里糊涂了。蓦地，发觉自己正怔怔地观望着窗外的树。我摇下头，又开始接着看下去。

上卷看到正中，见有巧克力屑夹在里面。巧克力干了，零零碎碎地粘在书页上。肯定是我高中时代边吃巧克力边看这本小说来着，我想。我顶喜欢边吃东西边看书的。如此说来，婚后我压根儿就没再吃巧克力，因为丈夫讨厌吃糖果，也几乎不给孩子，所以家里不放任何糖果。

注视着十多年前的变色发白的巧克力屑，我不由想吃巧克力想得不行。很想像从前那样边吃巧克力边看《安娜·卡列尼娜》，甚至觉得全身上下所有的细胞都在为等吃巧克力而屏息敛气缩作一团。

我披上开衫，乘电梯下楼，到附近糖果店买了两块看上去十分香甜的奶油巧克力。迈出店门马上剥开包装纸，边走边吃巧克力。奶油巧克力的香味在口中扩展开来，我可以清楚地感觉出不折不扣的甜味正被吮吸到身体的每一角落。电梯中我将另一半投进嘴里。电梯里也荡出了巧克力味儿。

我坐在沙发上，边吃巧克力边往下看《安娜·卡列尼娜》。半点也不困，疲倦也觉不出，我可以永远永远看下去。一整块巧克力吃下去后，我又撕开第二块的包装纸吃了半块。上卷看完三分之二，我觑了眼表：十一点四十分。

十一时四十分？

丈夫很快要回来。我慌忙合上书走进厨房，放水进锅，打开煤气，然后切葱，准备下荞麦面。等水沸的时间里泡开裙带菜，用醋拌了。又从冰箱取出豆腐，准备冷吃。最后去卫生间刷牙，除去巧克力味儿。

几乎与水开同时，丈夫回来了。工作比预想结束得早，丈夫说。

我们两人吃荞麦面。丈夫边吃边讲他打算新购入的医疗器械，他说那器械可以比现有的远为干净利落地除去牙垢，时间也可缩短，价格虽比一般的贵不少，但是值得。接着又说最近来除牙垢的人很多，问我怎么看。我懒得想什么牙垢。饭桌上不愿听那种话，也不愿深想。我正围绕大型跨栏赛跑想来想去，哪里有心绪想什么牙垢！却又不能岔开。丈夫很认真。听到购买那器械的所需款额，我做出考虑的样子，说有必要买不就行了，钱还是有办法的，又不是用来游玩。

可也是啊,丈夫说,又不是用来游玩。丈夫重复了一遍我的话,之后闷头吃面。

窗外树枝上一只不小的鸟在鸣啭,我半看不看地看着。不困,一点也不困。怎么回事呢?

我收拾碟碗的时间里,丈夫坐在沙发上看报。他旁边放着《安娜·卡列尼娜》,但他没怎么注意。我看书也好不看也好,丈夫反正没有兴趣。

待我洗罢餐具,丈夫说今天有好消息,叫我猜猜看。

我说猜不出。

下午第一个患者取消了预约,所以一点半之前没事做。说着,丈夫微妙地一笑。

我想了想,但怎么也搞不清这是否算好消息。怎么回事呢?

直到他站起来要我上床,我才意识到原来指做爱,但我根本没那份情绪。何苦非干那种事不可呢?我全然理解不了。我想快点回到书上去,想一个人倒在沙发上吃着巧克力翻动《安娜·卡列尼娜》的书页。洗碗时我一直在琢磨渥伦斯基这个人物,为什么托尔

| 眠 |

斯泰能使每个出场人物都在自己手中乖乖就范呢？托尔斯泰的描写委实精彩准确之至。唯其如此，某种救助才被损坏。所谓救助指的就是……

我闭了下眼睛，手指按住太阳穴。其实今天一早就有点头痛，我说，抱歉，实在对不起。我不时为剧烈的头痛所苦，丈夫顺理成章地接受下来。不必勉强，最好躺下休息一会儿，他说。我说没那么严重的。他在沙发上坐到一点多，听着音乐慢慢看报，随后又提起医疗器械，说最尖端的高价器械买进来不出两三年也就陈旧了，必须一个劲儿更新，钱都给医疗器械制造商捞去了。我时不时哼哈应承着，几乎什么也没听进去。

丈夫下午上班去后，我折起报纸，拍打沙发靠垫让它恢复原状，随即靠着窗框扫视整个房间。我感到莫名其妙。为什么不困呢？过去我曾熬过几个通宵，但挺这么久却一次也未有过。一般早该睡过去了，不睡过去也该困得一塌糊涂，可是这次全无睡意，脑袋清醒得很。

我进厨房热了杯咖啡喝，考虑往下如何是好。《安娜·卡列尼娜》当然想接着看,但同时也想照例去游泳池游泳。犹豫良久,决定还是去游泳。为什么我解释不好,反正我觉得痛痛快快运动身体可以将体内的什么驱逐出去。**驱逐**。究竟驱逐什么呢?我就此沉吟片刻。**驱逐什么**?

不得而知。

但有东西在我体内犹如某种可能性一般飘忽不定。我想给它一个名字,却无字眼浮上心头。我不擅长物色字眼。若是托尔斯泰,大概可以找出恰如其分的字眼来。

不管怎样,我像往日那样把泳衣塞进皮包,开起本田"思域"来到体育俱乐部。游泳池一个熟人也没有,只有一个年轻男子,一个中年妇人。安全监督员无聊地注视着池面。

我换上泳衣,戴上泳镜,依旧游三十分钟。但三十分钟不够,加游了十五分钟,最后拼出所有力气自由泳一个来回。气喘吁吁,但觉得身上仍蛮有力气。出水上来,周围人都直往我身上打量。

到三点还有一会儿,我驱车顺路去银行办了事。也想去超级市场采购,又转念作罢,回家继续看《安娜·卡列尼娜》。把剩下的巧克力吃了。四点儿子回来，让他喝了果汁饮料，吃了自家做的果冻。之后我预备晚饭。先从冷冻室拿肉解冻，切菜准备炒菜。做了味噌汤，烧了饭。做得十分机械而快捷。

做罢又往下看《安娜·卡列尼娜》。

不困。

4

十点，同丈夫一起上床，装出睡着的样子。丈夫立即睡了，几乎在关床头灯那一瞬间就睡了过去，仿佛灯开关同他的意识之间有软线连在一起。

了不起，我想。这样的人真是少见，睡不着难受的人要多得多，我父亲便是。父亲总唠叨睡不踏实，入睡不容易，而有一点点动静就睁开眼睛。

丈夫却不是这样。一旦入睡，天塌下来也要睡到早上。结婚之初，我感到奇怪，做了几次试验看这个人到底怎样方能醒来。用玻璃吸管往他脸上滴水，用毛刷擦他的鼻端，可他绝对不醒。没完没了地弄久了，最后他才仅仅发出似乎不快的一声。他梦也不做的，至少全不记得做了什么梦，自然也就谈不上什么魇住之类。就像埋在泥土里的乌龟，只知大睡特睡。

实在了不起！

躺了十多分钟，我悄悄下床，进客厅打开落地灯，往杯里斟了白兰地，然后坐在沙发上一小口一小口舔也似的喝着看书。兴之所至，又拿出藏在壁橱里的巧克力吃了。一来二去，早晨来临。早晨一来，我合上书，煮了杯咖啡喝，又做了个三明治吃。

天天如此反复。

快手快脚做完家务，整个上午就一个劲儿看书。到了中午，放下书为丈夫做饭。丈夫一点前出去，我开车去游泳池游泳。自从睡不着觉以来，每天都足足游一个小时。三十分钟运动实在不尽兴。游泳时间里我注意力只集中于游泳上面，别的概不考虑。脑袋里只有如何有效地施展肢体、如何有规则地吸气和吐气。遇到熟人也几乎不交谈，简单寒暄了事。有人相邀，便说对不起有点事得赶紧回去。我不愿意同任何人打交道，没有工夫同别人天南海北闲聊。尽情尽兴游罢，便争分夺秒回家看书。

作为义务，我买东西、做饭、打扫房间、照看孩子。作为义务，我同丈夫做爱。习惯了，绝对不是难事，莫如说很简单。只消把脑袋和肉体的连轴节除掉即可。身体随其动来动去，脑袋却在我自身空间里漂移。我不思不想地做家务，给孩子零食，同丈夫说话。

睡不成觉后我想的是，现实这东西何等容易对付。处理现实委实易如反掌，那不过是现实而已。仅仅是家务，仅仅是家庭。一如操纵简单的机器，一度记住操作程序，往下无非重复。按这边的电钮，拉那边的控制杆，调整刻度，关上盖子，对好定时——简单重复罢了。

当然时而也有变化：丈夫的母亲来一起吃晚饭，星期天领孩子三人去动物园，孩子泻肚泻得厉害。

但这些事哪一桩也未摇撼我自身这一存在，它们仅仅如无声的风掠过我的周围。我同婆婆闲聊，做四人吃的饭菜，温暖孩子的肚子，给他喂药。

谁也没注意到我的变化。我彻底睡不着觉也好，我日以继夜看书也好，我脑袋远离现实几百年几万公里也好，都没有人注意到。无论我怎样义务性地机械地不含有任何爱情任何感情地持续处理现实事物，丈夫孩子婆婆也都照样同我接近，他们对我的态度甚至比往常还要轻松自然。

如此过了一个星期。

在不间断的无眠进入第二个星期时，我终究不安起来。无论怎么看均属异常事态。人是要睡觉的，没有人不睡。过去我在一本书上看到过一种不让人睡觉的拷问方法。纳粹干的。把人关在小房间里，令其睁大眼睛对着光线或连续听很大的噪音，从而达到不让人睡觉的目的。结果人精神错乱，不久死掉。

至于经过多长时间精神错乱的，我想不起来了。不会是三四天？而我睡不着已经一个星期了，无论如何都太长了。然而我的身体一点也没衰弱，莫如说比以往还有精神。

一天淋浴后，我赤裸裸地站在全身镜前。我吃惊地发现自己的体形充满直欲鼓裂的生命力。从脖子到脚踝骨全身上下察看一遍，结果一片赘肉一道皱纹也没发现。当然同少女时代的体形相比是有所不同，但肌肤比过去光艳得多**有张力**得多。我试着用手指捏了捏腹部的肉，紧绷绷的，绝对富有弹性。

随后我发觉自己比原来以为的漂亮。看上去变得极为年轻，说二十四岁别人怕也相信。皮肤光洁滑润，两眼顾盼生辉，双唇娇嫩水灵，脸上颧骨部位的阴影（自己顶顶讨厌那里）也完全不再显眼。我坐在镜前定定地看了三十分钟自己的脸，从各个角度实事求是地看。非我自作多情，的确漂亮起来。

我身上到底发生了什么呢？

找医生这点我也考虑了。有位医生和我很熟，从小就承其关照，双方无所不谈。但想到医生听我的介绍将有怎样的反应，心里便逐渐生出负担。问题在于他会全盘相信我的话吗？告诉他一个星期都全然没有合眼，他恐怕先要怀疑我的脑袋。也可能作为普通失眠症中的神经官能症诊断了事。或者百分之百相信我的话，把我送去哪里一家大医院接受检查。

那将如何呢？

我大概会被关进那家医院，到处轮流转来转去，接受名目繁多的检查，从脑电图到心电图、尿检、血检以至心理测试，无一遗漏。

我不可能忍受这许多。我想一个人静静看书，想每天按时游泳一小时，我最希望得到的是自由。自由是我的追求。不愿意住什么院，况且住院他们又能看出什么名堂呢？无非弄出一大堆检验单一大堆假设而已。我可不乐意被关进那种地方。

一天下午，我去图书馆看了一本关于睡眠的书。这方面的书没那么多，也没写什么了不得的东西。他们想说的只有一点：睡眠乃一种休息，如此而已。这同关掉汽车引擎是同一道理。倘若永无休止驱动引擎，引擎迟早会坏掉。引擎运转必然生热，被封闭的热势必使机器本身变得疲劳，所以为了散热必须使之休息。降温，关引擎——这就是睡眠。就人而言，睡眠既是肉体休息又是精神休息。人在躺倒让肌肉放松的同时，也闭目中断了思考。若仍有思考活动，即以梦这一形式自然释放出来。

那本书里还有一段蛮有意思。作者写道，人无论在思维还是在肉体行动上，都无法逃避一定的个人倾向。人这东西不知不觉之间形成自己行动和思维的倾向，而一旦形成便很难消失，除非发生非同一般的情况。换言之，人是生活在此种倾向的囚笼里的。而睡眠恰恰是在对这种倾向的偏颇——作者写道，如同鞋后跟的磨偏——加以中和，也就是说对其偏颇进行调整和治疗。人在睡眠中使过于集中使用了的肌肉自然松缓下来，使过于集中使用了的思维线路镇静并放电。人便是这样降温的。这是在人这一系统中命中注定似的编排好程序的行为,任何人都不能除外。如若除外,存在本身也就失去了存在基础。

倾向?

从倾向一词中我想到的是家务,我麻木地机械地继续着的家务作业。做饭、购物、洗涤、育儿,这些恰恰就是倾向,舍此无他。我不睁眼睛也能干完这些事,因为不外乎倾向罢了。按电钮,拉控制杆,于是现实这东西便前仆后继地向前流去,身体动作大同小异——不过倾向罢了。结果,我像鞋后跟磨偏那样被倾向性地消耗下去,而为了加以调整和降温,每天的睡眠就是必不可少的了。

是这样的吗?

我把这段文字重新认认真真看了一遍,点点头。是的,料想是那样的。

那么,我的人生到底算什么?我被倾向性地消耗,为进行治疗而睡觉。我的人生岂非仅仅如此周而复始?岂非哪里也觅不到归宿?

我对着图书馆桌子摇头。

无须什么睡眠，我想。即便发狂即便睡不成而使我失去生死攸关的"存在基础"也无所谓。我不在乎。反正我喜欢被倾向性地消耗掉。假如睡眠是为治疗这种倾向性消耗而定期来访的，不来也可以，我不需要。纵使肉体不得不被倾向性消耗一空，精神也还是属于我自身的。我要切切实实地为自己把它保管好，不交给任何人。不稀罕什么治疗。我不睡。

如此下罢决心，我离开图书馆。

5

这样，我不再害怕睡不着觉了。没什么好怕的，事情应该往前看。总之**我扩大了人生**，我想。夜晚十点至早上六点是为我自己所有的时间。这以前相当于一天的三分之一的时间耗费在睡眠这项作业——他们称之为以降温为目的的治疗行为——上面，而现在成了我自己的。不是任何人的，是我的，我可以随意使用这段时间，不受任何人干扰，不接受任何人的任何指令，绝对是扩大了的人生，我将人生扩大了三分之一。

你可能说以生物学观点看来这是不正常的。或许果真如此，或

| 眠 |

许有朝一日我必须为如此持续推进的不正常状态付出代价，人生中被扩大的部分——即我预先支取的部分——也许以后会补偿回去。虽是没有根据的假设，但也没根据加以否定。我觉得基本合乎情理。总之就是说时间收支最后要平衡。

不过坦率说来，这对我怎么都无所谓。纵使自己偏巧必须早逝，我也丝毫不以为意。就让假设走其自己的路去好了，悉听尊便，至少眼下我是在扩大自己的人生。这委实妙不可言，其中有东西令人振奋，有自己在此生存的实感。我没有被消耗，至少这里有作为未被消耗部分的我。没有生存实感的人生哪怕永无尽头，我认为也毫无意义可言。现在我可以明确地这样认为。

看清楚丈夫彻底睡着了，我便坐在客厅沙发上一个人喝白兰地，打开书。我起始用一周时间连续看了三遍《安娜·卡列尼娜》。越是反复阅读，越有新的发现。这部长而又长的小说中充满种种奥妙，我可以发现种种谜团。犹如做工精细的箱子，世界中有小世界，小世界中又有更小的世界，这些世界复合起来形成了一个宇宙。宇宙向来在那里，在等待着读者去发现。往日的我所理解的仅限于极小的断片，如今的我可以洞悉它吃透它了。我知道托尔斯泰这个作家在那里想诉说什么,希望读者读出什么,知道那信息是怎样以小说形式有机结晶的,知道那小说中的什么是在结果上凌驾于作者自身之上。

无论怎么聚精会神都不会累。尽情尽兴读罢《安娜·卡列尼娜》,我开始读陀思妥耶夫斯基。书任我怎么读都可以,怎么集中精力也不觉疲劳,怎么费解的地方对我都不在话下,而且我都深深地为之打动。

我想这是我本应具有的形象。我通过抛弃睡眠扩大了我自身。关键是精神集中力,没有集中力的人生,同睁眼瞎无异。

不久白兰地没有了,我差不多喝光了一瓶白兰地。我去商店买了一瓶同样的人头马,顺便买了一瓶红葡萄酒。水晶白兰地杯买了,巧克力和曲奇也买了回来。

看书当中有时心情格外亢奋,我便放下书,在房间里活动身体。做软体操,或光是满房间走来走去。也有时心血来潮,半夜外出散步。我换上衣服,从停车场开出本田"思域",漫无目标地在附近奔驰。偶尔也进二十四小时营业的连锁店喝杯咖啡,但由于懒得与人见面,基本上一直呆在车中。有时在看上去没有危险的地方停下车呆呆地想点什么，或去港口看一会儿船。

只有一次警察过来例行公务地询问过我。那是夜里两点半，我把车停在靠近码头的一盏街灯下，望着船灯听收音机里的音乐。警察"嗑嗑"地敲车窗，我放下窗玻璃。一个年轻警察，模样标致，说话也和气。我对警察解释说睡不着觉，警察让我出示驾驶证，看了一会儿，说上个月这里发生过杀人案，一对情侣给三个青年人劫了，男的被杀，女的被奸。此事我也有所耳闻，我点点头。"所以太太，要是没什么事的话，最好不要深更半夜在这一带转悠，毕竟是这种时候了。"他说。我说谢谢这就离开，他把驾驶证还给我，我把车开走。

但别人搭话只此一次。夜间在街头兜风一两个小时都没有干扰，之后把车放回公寓停车场，放在黑暗中悄然沉睡的丈夫的那辆白色"蓝鸟"旁边，接着侧耳谛听"咯咯"的引擎冷却声。等声音消失，我下车走进房间。

回来先进卧室，看丈夫是不是好端端睡着。丈夫总睡得那么安然无误。然后去孩子房间，孩子同样睡得香甜。他们什么也不知道，两人绝对相信世界一如既往一成不变地在运转，可是不然，世界在他们不知道的地方闹得天翻地覆，无可挽回。

一天夜里，我正在定睛审视睡着的丈夫的面孔，卧室"砰"的一声响，匆忙跑去一看，原来闹钟掉在地板上。大概是丈夫稀里糊涂伸胳膊或弄什么碰掉的，然而丈夫仍酣睡得什么事也没有似的。啧啧，到底发生什么这人才能醒呢？我拾起闹钟，放回枕边，随后抱臂凝视丈夫的脸。已有好久没细细端详丈夫的睡相了，相隔多少年了呢？

新婚时经常看丈夫的睡相，只消一看心情就会平和轻松下来，心想只要这人睡得这般无忧无虑，自己就得到了保护。所以过去丈夫睡着之后，我经常看他的睡相。

但不知从什么时候开始，我不再这样做了。从什么时候来着？我试着回想。大约是在给孩子取名时同丈夫的母亲之间发生几句口角时开始的。丈夫的母亲笃信一种什么宗教，在那里"拜领"了一个名字回来。什么名字忘记了，反正我是不想"拜领"那玩意儿，于是同婆婆相当激烈地争吵起来。但丈夫对此一言未发，光在旁边看着我们。

那时我失去了受丈夫保护的实感。不错，丈夫没有保护我，我甚为恼火。这当然是以前的事了，我早已同婆婆言归于好。儿子名字是我取的，同丈夫也很快言归于好了。

但好像从那时开始，我便不再看丈夫的睡相了。

我站在那里注视他熟睡中的脸。丈夫睡觉总是这么投入。赤裸的脚以奇特的角度从被侧探出，活像别的什么人的脚。脚又大又粗糙不堪。一张大嘴半张着，下唇松垮垮地下垂着，鼻翼不时突然想起什么似的陡然一动。眼窝下那颗痣分外之大，且显得鄙俗，闭眼的样式也像缺乏品位。眼睑瘫软软的，仿佛一张褪色的肉皮。竟睡得如此傻呆呆的，我想。那是一种宠辱皆忘的睡法，可他睡觉时的脸又是何等丑陋啊！结婚之初，其面孔应该更有张力，同是熟睡，却不曾是这么一副拖泥带水的睡相。

我努力回想丈夫过去是怎样一副睡相，但横竖想不起来，只记得不曾这般惨不忍睹。或许这是我自以为是，他的睡相未必与现在不同，而大约仅仅是我的某种移情——我母亲想必就会这样说的。那是母亲得意的逻辑。"跟你说，婚后什么情呀爱呀的，顶多两三年。"这是母亲一贯的台词。睡相还可爱？迷上了才那么看——母亲想必要这么说。

但我明白自己不是那样的。丈夫无疑变丑了,脸无疑变松弛了,这恐怕就是上年纪的关系。丈夫上了年纪,累了,磨损了。往后肯定会变得更丑,而我必须忍受下去。

我喟叹一声,长长地喟叹一声。丈夫当然一动未动。叹息声不可能使他醒来。

我走出卧室,折回客厅,重新喝白兰地看书,但总有些放心不下。我放下书,朝孩子房间走去,打开门,借着走廊灯光凝视儿子的脸。儿子同丈夫同样睡得昏天黑地,一如平时。我看了一会儿子的睡相。一张圆乎乎的小脸,不用说跟丈夫大为不同,还是个孩子,肤色光鲜,清新脱俗。

但有什么触动了我的神经。对儿子有如此感觉还是头一次。到底儿子的什么触动了我的神经了呢?我站在那里,再次抱拢双臂。当然我爱儿子,十分地爱。然而那个什么现在的确使我心焦意躁。

我摇了下头。

我闭目片刻,之后睁开眼睛再看儿子的睡脸。我知道是什么使我焦躁了。儿子的睡相同父亲一模一样,且脸和他奶奶的脸毫无不同。一脉相承的固执、自我满足——我讨厌丈夫家族中如此类型的

| 眠 |

傲慢。丈夫诚然对我不错,和蔼、细心,不拈花惹草,勤恳能干,做事认真,对谁都热情。我的朋友无不异口同声说没有这么好的人,我也觉得无可挑剔,然而这无可挑剔却不时使我感到焦躁。这"无可挑剔"之中,似乎莫名其妙地有着一种不容许想象力介入的硬涩,是它使我心生不快。

而此刻儿子的脸上正浮现出同样的表情。

我再次摇下头。说到底都是路人,我想。这孩子长大以后怕也绝对不会理解我的心情。我预感将来自己可能不至于那么真心实意地疼爱儿子。这不像做母亲的念头,世上的母亲根本不会如此胡思乱想。但我心中有数,某个时候我说不准会忽然蔑视这个孩子。我这样想着,看孩子睡脸时这样想着。

这样一想,我伤感起来。我关上孩子房间的门,熄掉走廊灯,坐回沙发打开书,看了几页又合上。我看了眼钟,快三点了。

睡不着觉到今天有多少天了呢?最初睡不着是大上个周二。就是说,到今天整整十七天了。十七天里我一觉没睡。十七个白天,十七个黑夜,时间非常之长。现在我已很难想起所谓睡眠是怎么一个东西了。

我闭上眼睛，试图唤回睡眠的感觉，但那里存在的只是清醒的黑暗。清醒的黑暗——这使我想起死亡。

我莫非会死掉？

倘若我就这么死掉，我的人生到底算是什么呢？

可我当然不明白我的人生到底算什么。

那么，所谓死到底是什么呢？

迄今为止，我是将睡眠作为死的一种原型来把握的。就是说，我把死假设为睡眠的延长。一言以蔽之，死是比一般睡眠远为深重的没有意识的睡眠——永远的休息。永远熄火。我是这么认为的。

但也未必如此，我蓦地心想。所谓死，也许是与睡眠种类截然不同的状况——或者是此刻我眼前漫无边际的清醒的深重的黑暗亦未可知。也可能死即意味着在这黑暗中永远清醒下去。

但我觉得这未免过于残酷。如果死这一状况并非休息，那么我们这充满疲惫的不健全的生到底又有何希望呢？然而归根到底，谁也不知道死是怎么一个东西。有人实际目睹过死？一个也没有。目睹死的已经死去，活着的谁都不知晓死为何物。一切不外乎推测。无论怎样的推测，都不外乎推测。死应是休息云云，那也属无稽之谈。不死谁也不明白死。**死可以是任何东西。**

想到这里，一阵凶猛的恐惧感突然朝我压来。脊背仿佛冻僵，硬邦邦地动弹不得。我再次紧紧合上眼睛。我已无法睁开。我紧紧盯视着眼前横亘的厚重的黑暗，黑暗如宇宙一般深不可测无可救药。我孤独无依。意识集中起来又扩展开去。如果有意，我似乎可以看到宇宙极深处的黑暗，但我不去看。为时尚早，我想。

假如死是这么一回事，我究竟如何是好呢？假如死是永远清醒、永远这么定定地逼视黑暗……

我勉强睁开眼睛，一口喝干杯里剩的白兰地。

6

我脱去睡衣，穿上蓝牛仔裤，T恤外面套一件游艇防寒衣（Yacht Parka）衣，头发在脑后紧紧束成一把掖进防寒衣，戴上丈夫的棒球帽。看看镜子，俨然一个男孩。OK！我蹬上运动鞋，下到地下停车场。

我钻进本田"思域"，转动钥匙，发动一会引擎。侧耳细听，仍是平常的引擎声。我双手放在方向盘上，做了几次深呼吸，然后把变速杆推在低挡，开到公寓外面。感觉上车比平时轻快得多，简直像在冰上滑行。我小心翼翼地调节变速杆，出街驶上通往横滨的干线公路。

尽管时过三点，路上跑的车却绝不在少数。庞大的长途运输卡车震颤着路面由西向东流去。他们不睡觉，为提高运输效率，他们白天睡觉晚间出动。

我则昼夜出动，因为无须睡觉。

从生物学角度看来这或许的确不够自然，可又有谁知道何为自然呢？所谓生物学上的自然，终不过是经验性的推论罢了，而我位于超越推论的地点。比如，把我看成人类飞速进化的先验性样板是否可取呢？不睡觉的女人。意识的扩大。

我微微一笑。

进化的先验性样板。

我边听收音机音乐边往海港驱车前进。很想听西方古典音乐，但深更半夜找不到播放古典音乐的电台。不管调哪个台，流淌出来的都是乏味的日语流行乐曲。令人倒牙的黏黏糊糊的小调情歌。我只好侧耳听它，它使我觉得自己恍惚来到了十分遥远的地方。我远离莫扎特，远离海顿。

| 眠 |

  我把车停进公园外面用白线画成的大停车场，关掉引擎。我选在四周开阔、街灯最亮的位置。停车场只有一辆车，看上去是年轻人喜欢开的车。白色双门双座车，型号已不新。里边大概是对恋人吧，没钱住旅馆，在车内抱作一团。为避免麻烦，我把帽子拉得很低，不让人看出自己是女的，并确认车门是否锁好。

  茫然打量四周景致的时间里，我不由想起大学一年级时同男朋友单独外出兜风在车内相互爱抚时的事来。途中他实在忍无可忍了，提出要插进去。我说不行。我把双手搁在方向盘上，听着音乐回想当时，但我无法真切地想起那个男孩的长相。一切都好像发生在地老天荒的往昔。

  睡不着以前的记忆似乎正风驰电掣地离我远去。这是一种甚为不可思议的感觉，觉得每当夜晚来临便睡觉时的自己不是真正的自己，当时的记忆不是自己的记忆。我想人便是这样演变的，但对此谁都不注意，谁都不晓得，只我一人明白。即使解释他们怕也不理解，也不愿意相信。纵然相信，也绝对不至于准确地体察出我所感觉到的。他们恐怕只能将我看成威胁他们推论出来的世界的人。

  然而我在**实实在在**地演变。

我不知道自己在那里静止了多长时间。我双手搭在方向盘上，静静地闭起眼睛，注视着无眠的黑暗。

这时突然发觉好像有人。那里有人。我睁眼四下环顾。有人在车外，且要开窗。窗当然锁着。车两侧闪出黑影，右侧车窗和左侧车窗。脸看不见，衣服看不见——黑影挡在那里。

在两个黑影挟持下，我的本田"思域"似乎小得可怜，活像小糕点盒。我觉察出车在左右摇晃。右侧玻璃被拳头敲得砰砰作响。我知道不是警察，警察不是那种敲法。车岿然不动。我屏住呼吸，思忖如何是好。我的脑袋混乱不堪，腋下沁出汗来。必须开车离开，我想。钥匙，我转动钥匙，我伸手抓起钥匙转动。可以听见马达转动的声音。

但引擎不点火。

我手指簌簌发抖，闭目再一次缓缓转动钥匙。无济于事。只闻仿佛挠抓巨幅墙壁般的"咔嚓咔嚓"声。两个男人——其黑影——原地打转，在同一地方打转，且不停地摇晃我的车。摇晃越来越厉害。大概他们存心把车掀翻。

有什么在出错，我想。冷静思考自会进展顺利。冷静地、慢慢地思考！有什么在出错。

有什么在出错。

可是我搞不清什么在出错。脑袋里灌满浓重的黑暗。它已不会将我带去任何地方。手仍在簌簌发抖。我拔下钥匙，想重新插入。手指抖得没办法把钥匙插进匙孔。当再次尝试插入时，钥匙掉在脚下。我弓身打算拾起，但拾不起。车摇晃得太厉害，弯腰时额头猛地磕在了方向盘上。

我不再努力，靠在椅背上双手捂脸。我哭了，我只能哭。泪水涟涟而下。我一个人闷在这小箱子里，哪里也去不得。现在是午夜最深时分，两个男人不停手地摇晃着我的车，要把我的车掀翻。

TV PIPURU
by Haruki Murakami
Copyright © 1990 Harukimurakami Archival Labyrinth
All rights reserved.
Originally published in Japan by Bungeishunju Ltd., Japan.
Chinese (in simplified character only) translation rights arranged with
Haruki Murakami, Japan
through THE SAKAI AGENCY and BARDON-CHINESE MEDIA AGENCY.

图字：02 - 2002 - 071 号

图书在版编目(CIP)数据

电视人/(日)村上春树著；林少华译. —上海：
上海译文出版社,2021.9（2022.9 重印）
ISBN 978 - 7 - 5327 - 8805 - 7

Ⅰ.①电… Ⅱ.①村… ②林… Ⅲ.①短篇小说—小
说集—日本—现代 Ⅳ.①I313.45

中国版本图书馆 CIP 数据核字(2021)第 153673 号

电视人
[日]村上春树 著 林少华 译
责任编辑/姚东敏 装帧设计/千巨万工作室

上海译文出版社有限公司出版、发行
网址：www.yiwen.com.cn
201101 上海市闵行区号景路 159 弄 B 座
上海市崇明县裕安印刷厂印刷

开本 890×1240 1/32 印张 5.25 插页 2 字数 64,000
2021 年 10 月第 1 版 2022 年 9 月第 2 次印刷
印数：8,001—11,000 册

ISBN 978 - 7 - 5327 - 8805 - 7/I · 5439
定价：48.00 元

本书中文简体字专有出版权归本社独家所有，非经本社同意不得连载、摘编或复制
如有质量问题，请与承印厂质量科联系。T：021 - 59404766